Asphodelen inbegriffen

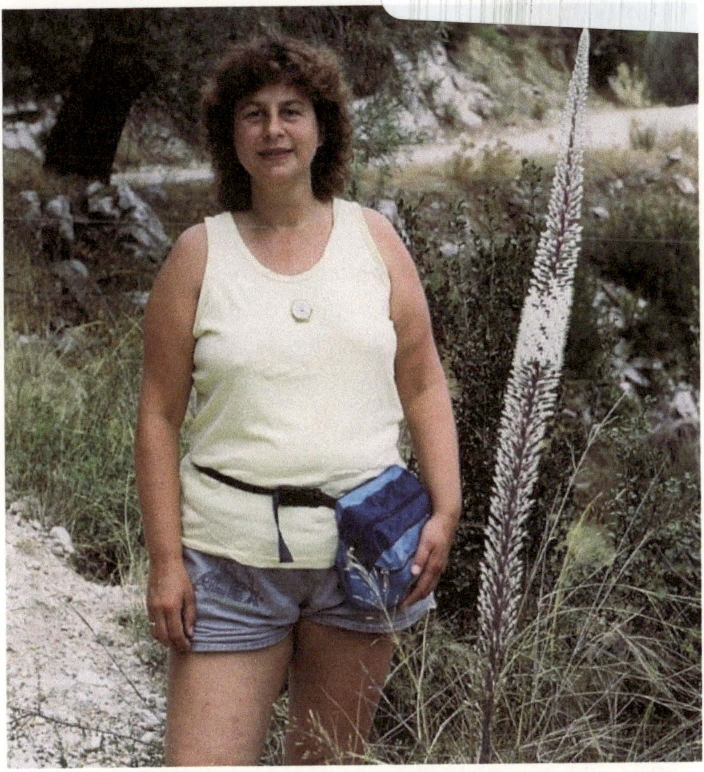

„Warum ruft Martin nicht zurück? Seit drei Tagen labere ich jetzt seinen Anrufbeantworter voll, sein Handy hat er inzwischen abgeschaltet, und auch die SMS-Meldungen gehen nicht mehr durch. Ich begreife es einfach nicht. Vielleicht ist ihm etwas passiert und ich muss mir Sorgen machen?“ sagt Andrea genervt zu ihrer Kollegin.

Die beiden Hostessen stehen schon den ganzen Tag gelangweilt und top-gestylt in dunkelblauen Kostümen und blaurotem Seidenschal auf dem Messestand des Chemieriesen N. Es ist mal wieder Apothekertag in München, am letzten Tag ist wenig Betrieb und so quält sich die Zeit dahin, die Stammkunden waren bereits alle dagewesen und der Beratungsbedarf schwindet von Stunde zu Stunde.

„Wenn es doch bloß schon vorbei wäre, die letzte Stunde ist immer am schlimmsten, findest du nicht auch? Was für ein Glück, dass wir schon heute morgen im Hotel auschecken konnten, nimmst du auch den Flieger um 19.20 Uhr?

Martin sollte mich doch abholen! Und nun meldet er sich einfach nicht mehr, ob ihm was passiert ist? Vielleicht hatte er einen Unfall?"

„Quatsch, dann hätten die dich doch sofort angerufen oder eine Message im Hotel hinterlegt. Aber Gott sei Dank, mein Paul ist da verlässlicher, der kommt mich nach der Messe immer am Flughafen abholen. Und er bringt die Kleine mit, obwohl sie vorhin noch Ohrenschmerzen hatte. Ach, endlich mal die Füße hochlegen, ein kühles Kölsch, und sich zu Hause richtig verwöhnen lassen, das wärs doch, oder?"

„Du Glückliche wirst abgeholt, aber Martin ist bestimmt etwas schlimmes passiert, denn so kenne ich ihn gar nicht, dass er noch nicht mal anruft."

2

„Dein Martin wird schon nicht unter die Räder gekommen sein, der ist doch sonst so stocksolide, vielleicht wollte er einfach mal seine Ruhe haben. Vielleicht ist er in Klausur gegangen, um sein Forschungsprojekt mit der römischen Wasserleitung endlich zu Ende zu bringen? Männer sind schon mal komisch, jetzt mach dir mal keine Sorgen, in ein paar Stunden wirst du genau wissen, was los ist. Oh, da kommt der Chef, lächeln, Andrea, lächeln."

Es ist ein Ritual wie immer, der Chef kommt sich nach der Messe immer persönlich bei jedem Mitarbeiter für ihren Einsatz bedanken und verspricht ihnen zwei Tage Zusatzurlaub.

Als die Delegation endlich händeschüttelnd abgezogen ist, geht auch dieser Messetag glücklicherweise zu Ende. Nichts wie weg aus dieser fiesen Messehalle, die Koffer geschnappt, die bequemen Treter angezogen, und nur noch raus aus München, vier Messetage auf dem Stand sind mehr als genug, und das ganze Rumgehänge mit Kollegen nachts an der Bar schlaucht auch ganz schön, da ist Ausschlafen endlich mal ein Traumziel für morgen früh.

Das Taxi bringt sie weit raus aus der Stadt zum Flughafen, glücklicherweise hebt der Flieger pünktlich ab und landet superpünktlich um 20.10 Uhr auf dem Flughafen Köln/Bonn. Andrea und Anna haben es mal wieder geschafft, sie sind wieder zu Hause. Jetzt müssen sie nur noch die Koffer vom Transportband holen und dann nichts wie raus.

Annas Mann und ihr Kind warten schon am Ausgang, der Abschied ist kurz und Andrea schleppt missgelaunt ihren Koffer in die S-Bahn. Sie wird nie abgeholt, Martin hatte sich niemals Zeit dafür genommen, denn er hat ja im Institut immer so schrecklich viel zu tun.

Dabei ist er Professor der Archäologie und kein Manager einer Fabrik oder ein Banker, nämlich dann würde sie auch seine vielen Überstunden neuerdings akzeptieren, aber so..... Der Typ wird sich wohl niemals ändern, was soll man da nur machen? Na ja, jeder ist so, wie er ist, und sie liebt ihn trotz seiner Macken, aber...“

Es ist schon dunkel, als das Taxi vor ihrem Apartmenthaus ankommt. Im Flur blinkt der Anrufbeantworter: 21 Nachrichten sind drauf, na super, dann war er mindestens drei Tage nicht zu Hause gewesen.

Die Wohnung ist ungelüftet, aber alles ist tipptopp aufgeräumt, der Mülleimer in der Küche ist leer, der neue Plastikbeutel ordentlich befestigt, es steht noch nicht mal ein Glas in der Spüle. Ob der wirklich nicht zu Hause gewesen war?

Im Wäschekorb liegen zwei Hemden von Martin, mehr nicht. Und die Pflanzen sehen ziemlich struppig aus, früher hatte er sie doch heiß geliebt und andauernd gegossen, bis sie abgesoffen sind.

Langsam macht sie sich wirklich Sorgen. Wo ist Martin bloß abgeblieben? Das ist doch sonst nicht seine Art, früher ist er ihr immer auf die Nerven gegangen, weil er so häuslich war und nie ausgehen wollte, und wann sie das letzte Mal in der Stadt etwas unternommen haben, daran kann sie sich schon gar nicht mehr erinnern.

Morgen früh wird sie direkt im Institut anrufen und nachfragen, abends ist ja sowieso niemand mehr da. Wenn er auf einer Dienstreise wäre, hätte sie es mindestens drei Wochen vorher gewusst, denn er war immer so pingelig mit seinen Terminen. Langsam wird sie wirklich nervös, ihm muss bestimmt irgendwas schlimmes passiert sein. Aber was nur, was?

Na, dann ist sie eben heute Abend allein. Jetzt will sie erst mal nur noch an sich selber denken und duschen, und dann kann man ja weiter sehen.

Als sie endlich aus dem Badezimmer kommt, hat sie den flauschigen Jogginganzug und die neuen Angora Socken an. „So, jetzt bin ich wieder ein richtiger Mensch, das musste einfach sein." murmelt sie zufrieden.

Jetzt hat sie großen Hunger, sie hätte abends noch im Hotel essen können, aber sie wollte ja so schnell wie möglich nach Hause. Ob im Kühlschrank noch irgendwas Essbares ist? So ein Mist, nur zwei Sprudelflaschen gähnen vor sich hin, das ist alles, es ist noch nicht mal mehr ein Käseknubbel vorhanden.

Irgendwo im Brotschrank sind doch immer noch ein paar Zwieback und Chips, dazu noch ein Klacks Marmelade drauf und fertig ist die Chose. Auch eine Flasche Rotwein findet sich in der hintersten Ecke, Imiglykos, halbsüßer Rotwein aus Griechenland. Das ist nicht ganz ihr Geschmack, aber in der Not frisst der Teufel Fliegen, was solls. Na, das kann ein schöner Abend werden.

Auf der Couch macht sie es sich gemütlich. Im Fernsehen kommen gerade die Spätnachrichten, irgendein alter Film wird sich beim Zappen schon finden, außerdem geht's morgen früh wieder pünktlich raus. Jetzt nur noch die Füße hochlegen und ein bisschen ausruhen.

Es ist schon 12 Uhr vorbei, sie muss wohl kurz eingeschlafen sein, als sie an der Haustür ein leises Geräusch hört, der Schlüssel dreht sich, das muss Martin sein. Richtig, das Licht geht an, und da bleibt er im Flur wie angenagelt stehen.

„Du bist schon da?" murmelt er leise und seine Stimme klingt leicht angetrunken.

„Mensch Martin, wo warst du die ganze Zeit? Ich habe dich die letzten drei Tage immer wieder angerufen, 21 Nachrichten waren auf dem Anrufbeantworter, und wieso hast du denn dein Handy ausgeschaltet? Was ist los mit dir? Spinnst du eigentlich? Ich habe mir solche Sorgen gemacht."

„Sorgen gemacht? Wieso du? Wenn hier einer Sorgen hat, dann doch ich. Ach, Andrea, du ahnst es ja gar nicht, du ahnst es ja gar nicht, aber gib mir erst mal einen Schluck zu trinken, dann sage ich dir alles."

„Martin, du bist ja völlig betrunken, was ist los mit dir? Wo warst du die ganze Zeit gewesen? Warum hast du wenigstens nicht einmal angerufen?"

„Bei ihr, nun gib mir schon was zu trinken, ich bin fix und fertig." sagt er und läßt sich erschöpft in einen Sessel fallen.

„O.K., o.k., aber wie siehst du denn aus? Warst du so im Institut?"

„Ich, im Institut, wieso im Institut?"

„Wieso denn nicht, es ist doch mitten im Semester, du hast doch Vorlesungen, und heute ist Donnerstag, da hattest du zum Beispiel vier Vorlesungen."

„Ich bin einfach nicht hingegangen, ich habe mich krank gemeldet, ich musste mir mal frei nehmen, es ging nicht mehr anders."

„Du Armer. Bist du etwa krank? Was fehlt dir, also nun sag schon, was ist los mit dir? Muss ich mir wirklich Sorgen machen?"

Da sitzt er nun, ein Häufchen Unglück, die Hände im Gesicht vergraben, seine ungewaschenen Haare stehen ihm kreuz und quer vom Kopf ab, sein blütenweißes Hemd hat er mindestens drei Tage nicht gewechselt, es ist schmutzig und zerknittert. „Sie ist schwanger," murmelt er leise, „im fünften Monat, und ich... und ich..."

„Was ist los? Wer ist schwanger und was hast du damit zu tun?" So kennt sie ihn gar nicht, er sieht ja wie ein Penner aus, und dann noch die schmutzigen Jeans, er hat sich noch nicht mal die Straßenschuhe ausgezogen, als er gerade reingekommen ist, und sonst ist er immer so pingelig.

„Aber ich bin doch der Vater, ich liebe sie so, und ich habe doch jetzt die ganze Verantwortung, und nun muss ich doch was tun, ich kann doch nicht so..."

„Was sagst du da? Ich fasse es einfach nicht, jemand ist schwanger und du bist der Vater, bist du wahnsinnig? Komm, raus mit der Sprache: Wer ist sie? Kenne ich die? Und wie lange geht das schon?"

„Andrea, ich schwöre dir, ich liebe dich doch, und wir kennen uns doch schon so lange, du musst einfach Vertrauen zu mir haben, gerade du musst mich doch verstehen. Nun sag schon was, Andrea,"

„Was soll das denn schon wieder heißen? Sag mir lieber mal, wieviel du schon getrunken hast."

„Gar nicht viel, eine Flasche Rotwein vielleicht, das ist alles. Andreas, Liebste, du musst mir einfach glauben, ich liebe dich doch auch, ich will alles in Ordnung bringen, und du musst Vertrauen zu mir haben.

Und ich liebe sie so sehr und nun das mit dem Kind, es kann doch nicht ohne Vater aufwachsen, und das sagen ihre Eltern auch, die machen Druck, ach, was soll ich bloß machen? Ich weiß nicht mehr weiter, du musst mir einfach helfen, Andrea, ohne dich geht's nicht. Und ich liebe dich doch so, ich liebe dich.."

„Nun hör schon mit dem Gesülze auf und laß uns endlich mal Tacheles reden, du bist ja vollkommen durcheinander, so kenne ich dich ja gar nicht. Also jetzt mal von vorne, wer ist sie und wie lange kennst du sie schon?"

„Laura, eine Studentin im 2. Semester, ich habe mich sofort in sie verknallt, von der ersten Minute an, es kam einfach so über mich, einfach so, verstehst du das denn nicht?"

„Nein, das verstehe ich überhaupt nicht. Warte mal, die Laura kenne ich doch, ist das nicht die blonde Förstertochter aus der Lüneburger Heide? Und du als Fünfzigjähriger hast dich in so ein süßes 20-jähriges Blondie verknallt, du hast sie nicht mehr alle, was hast du dir denn dabei gedacht? Das könnte deine Tochter sein, nun bist du vollkommen bekloppt geworden."

9

„Andrea, aber ich liebe sie doch so, und nun ist das mal mit dem Kind passiert. Du musst mich doch verstehen, das Kind muss einen Vater haben, das haben ihre Eltern auch gesagt, und nun muss ich auch für die Konsequenzen einstehen. Das siehst du doch auch so, oder?"

„Was für Konsequenzen, von der Pille hat sie wohl noch nie gehört, oder? Ihr beiden seid doch keine Teenager mehr, die nichts von Verhütung gewusst hätten, nee, mein Lieber, die hat dich voll reingelegt. Und seit wann haben ihre Eltern dir etwas zu sagen?"

„Wir waren heute bei ihnen, wir mussten es ihnen doch sagen, Laura konnte es nicht mehr verheimlichen und ich stehe dazu, jawohl, ich stehe voll dazu und ich werde sie auch heiraten, jawohl, versprochen ist versprochen. Und nun gib mir noch ein Glas Wein, oder ein Bier, vielleicht ist noch ein Bier im Kühlschrank."

„Der Kühlschrank ist leer, mein Lieber, aber wie stellst du dir das vor, du bist doch mit mir verheiratet? Wie soll das denn gehen? Willst du Mormone oder Ayatolla werden, damit du mit zwei Frauen leben kannst oder wie stellst du dir das Ganze vor?"

„Ach Andrea, ich liebe dich doch so, aber das Kind muss doch einen Vater haben, das verstehst du doch, oder?"

„Nein, das verstehe ich überhaupt nicht, heißt das etwa, dass ich mich scheiden lassen soll? Nein, das werde ich nicht tun, niemals, ich bin doch nicht blöd, das kannst du dir abschminken, da mache ich nicht mit, niemals."

„Aber du musst mich doch verstehen, denk doch an das arme Kind, ich liebe dich doch trotzdem, ach, ich weiß nicht, was ich machen soll, ich weiß es einfach nicht. Ich muss gleich wieder weg, vielleicht können wir morgen noch mal telefonieren? Ich bin so fertig, ich habe keine Zeit, ich muss jetzt los."

„Wie bitte, du musst weg? Wieso musst du jetzt noch weg? Du bist betrunken und es ist mitten in der Nacht, du darfst nicht mehr Auto fahren. Mensch Martin, das kann doch wohl nicht wahr sein."

„Aber sie wartet doch unten im Auto auf mich, da kann…"

„Dann sag ihr, dass sie sofort raufkommen soll. Wir müssen alle miteinander reden, so geht das nicht, einfach abzuhauen. Du bist schließlich verheiratet."

„Das hatte ich ihr auch schon gesagt, aber sie will einfach nicht. Sie hat Angst, dass du sie fertigmachen wirst, aber ich habe ihr gesagt, dass sie vor dir keine Angst haben muss, aber das glaubt sie mir einfach nicht. Ich muss mir nur noch schnell ein paar Sachen einpacken."

„Aber wo willst du denn hin? In ihre Studentenbude vielleicht? Oder habt ihr etwa schon eine gemeinsame Wohnung gefunden? Dann kannst du ja gleich ganz ausziehen, was willst du dann überhaupt noch hier?"

„Andrea, können wir nicht eine vernünftige Lösung finden und es erst mal zusammen probieren, sieh mal, ich bin Professor, du kannst mein halbes Gehalt weiter bekommen, und diese Wohnung zahle ich dir auch."

„Das kannst du dir in die Haare schmieren, ich verdiene mein eigenes Geld, und ich bin nicht auf dein blödes Professorengehalt angewiesen. Warum hast du das getan, warum nur, warum, warum? War ich dir zu langweilig gewesen, du hattest es doch über 15 Jahre mit mir ausgehalten, wieso machst du denn auf einmal solchen Mist? Ich fasse es einfach nicht."

„Aber Andrea, ich liebe dich doch so, denk doch mal richtig nach, sie ist doch noch so jung und sie ist so süß und jetzt das Kind, ich werde endlich Vater und wir beide hatten doch nie ein Kind gehabt, nie. Und ich wollte doch so gern…."

„Martin, hast du denn alles vergessen? Du wolltest doch nie Kinder, deine Karriere war dir immer vorgegangen, und ich musste immer mit allem einverstanden sein, das ist mir nie leichtgefallen, und jetzt wirfst du mir ausgerechnet das vor?

Da kommt einfach ein junges Blondie vorbei und du vergisst alles, was vorher war, unser ganzes gemeinsames Leben stellst du aufs Spiel. Ich bin sauer, einfach sauer, los, hau schon ab, weg mit dir, ich will dich nie mehr wiedersehen."

„Aber Andrea,..“

„Hau ab, du Waschlappen, pack deine Koffer und laß mir deine Adresse da. Morgen früh werde ich alles einpacken, was dir gehört und dir alles zuschicken. Ich werde nichts von deinen Sachen zurückbehalten, gar nichts. Die Wohnung werde ich so lange bewohnen, bis ich etwas neues gefunden habe, die ist mir sowieso viel zu groß.“

„Aber Andrea, sieh mal, vielleicht können wir morgen noch mal vernünftig über alles reden? Ich kann dich doch nicht von einem Tag zum anderen aufgeben, unser ganzes Leben, Mensch, wir kennen uns doch schon so lange. Ich liebe dich doch so, und wir finden bestimmt eine vernünftige Lösung.“

„Da gibt es keine vernünftige Lösung, und gerade darum bin ich so sauer auf dich, das hätte ich niemals von dir gedacht, so einen Vertrauensbruch, kaum taucht ein junges Blondie auf und du kippst sofort aus den Latschen, ich fasse es nicht, ich fasse es einfach nicht.“ Schnauft Andrea, denn jetzt kann sie nur noch heulen.

Martin schleicht sich ins Schlafzimmer, schnappt sich den großen Koffer, knallt seine Sachen hinein, schnappt sich drei Anzüge und will verschwinden, aber so geht es wirklich nicht. Andrea tritt vor die Tür und versperrt ihm den Ausgang. „Martin, du kannst nicht einfach so abhauen, du bleibst jetzt hier. Aus. Ende.“

„Nein, das geht nicht, ich muss jetzt weg, sie wartet doch draußen, ich rufe dich morgen früh an, ja? Ganz bestimmt rufe ich dich morgen an, und dann reden wir noch mal über alles. Morgen ganz bestimmt, wo sind denn die Socken?...“

„Dann verschwinde sofort, hau ab, weg mit dir, geh mir bloß aus den Augen, sonst passiert noch was schlimmes,“ schreit sie ihm durchs Treppenhaus nach, wirft seine Schuhe hinterher und knallt die Tür zu. Es ist ihr vollkommen egal, was die Nachbarn denken, so einen Krach zu machen mitten in der Nacht.

Als er endlich weg ist, beginnt sie, hemmungslos zu weinen, sie kann nicht aufhören, zu tief sitzt der Schock. Dieser Idiot, sich einfach so mit einem Blondie abzugeben und sich direkt ein Kind andrehen zu lassen. Und dann einfach so abzuhauen und die erste Gelegenheit Situation auszunutzen, wo sie auf der Messe ist, so eine Gemeinheit. Du musst mich doch verstehen..., ich fasse es einfach nicht. Nein, ich verstehe überhaupt nichts mehr.

Es hält sie nicht mehr in der Wohnung, obwohl die Uhr schon eins zeigt. Hier drinnen kann sie es einfach nicht mehr aushalten, bloß raus hier, raus, raus. Die Tür fällt hinter ihr ins Schloss, draußen schlägt ihr der feuchtwarme Sommerwind ins Gesicht und planlos läuft sie zwei Stunden durch die Stadt, mitten in der Nacht.

Als sie endlich richtig zu sich kommt, steht sie unten am Rhein, es ist vier Uhr und die erste Straßenbahn zuckelt gerade über die Deutzer Brücke. Morgen muss sie wieder arbeiten, morgen? Das ist ja schon in drei Stunden, da muss sie sofort nach Hause, oh Gott, was mag das bloß werden?

Sie kann sich auf nichts konzentrieren, es ist ganz unmöglich, arbeiten zu gehen, aber sie muss, um 10 Uhr ist das Meeting, die Messe-Nachbesprechung, Ergebnisse, Zahlen, wie furchtbar, aber jetzt darf sie ihren Job nicht auch noch verlieren, bloß nicht schlapp machen, dann werden wir mal sehen, wer hier siegt.

Ich kann auch allein klarkommen, ich brauche keinen Martin, soll der doch hingehen, wo der Pfeffer wächst, ein Kind mit einem Blondie, so ein alter Idiot, hat sich einfach einwickeln und reinlegen lassen....und dann eiapopeia im Forsthaus machen, dieser Volltrottel, soll er doch...Aber trotzdem tut es weh, furchtbar weh, wie konnte er nur nach 15 Jahren Ehe alles kaputt machen und alles zerstören.

Bei ihrer Rückkehr ist die Wohnung nun doppelt leer, da stehen noch die beiden Weingläser, das Schlafzimmer sieht wie ein Schlachtfeld aus, soll es doch. Schnell neue Sachen anziehen, und dann raus, ab zur Arbeit, einen Kaffee kann man immer noch irgendwo unterwegs trinken und ein paar Croissants kaufen. Aber nichts wie raus hier aus dieser Wohnung, und einfach alles verdrängen, was irgendwie weh tun könnte. Die Arbeit ist das beste Betäubungsmittel in so einer Situation.

„Mensch, Andrea, du bist aber spät dran, der Chef hat schon zweimal nach dir gefragt, ich weiß auch nicht genau, was er ausgerechnet von dir will. Aber wie siehst du denn aus? Total verheult. Und auch noch ungeschminkt, warst du nicht zu Hause gewesen oder hast du etwa in der Mülltonne geschlafen? Eine grüne Bluse und eine blaue Hose, das kann doch wohl nicht wahr sein? Hattest du einen Aussetzer? Was ist los mit dir?"

„Veronika, ich kann nicht mehr, ich bin völlig fertig."

„Was ist denn passiert? Mein Gott, nun heul doch nicht schon wieder, wir müssen gleich zum Meeting, was soll der Chef von dir denken? Und das Team, reiß dich mal zusammen, also was ist los?"

„Mein Mann hat, mein Martin hat..."

„Was ist mit deinem Martin?"

„Er wird Vater, er will sie heiraten, die hat ihn reingelegt, so ein blödes Blondie, ich kann nicht mehr, ich bin völlig fertig."

„Oh Gott, Zoff zu Hause, das hat uns gerade noch gefehlt. Aber so kannst du nicht ins Meeting gehen, da müssen wir gleich was machen, aber was bloß? Also, wo sind deine Zahlen, wo ist dein Bericht, wo sind die Power-Point-Folien? Muss ich noch was verbessern? Her damit."

„Nur die Besucherzahl ändern, vierzig mehr als letztes Jahr. Glaub mir, ich kann nicht mehr, ich bin vollkommen fertig. Mach, was du willst, ich kann wirklich nicht mehr, ich bin am Ende."

„Dann gib schnell dein Passwort in den PC ein, warte mal, ich ändere die Folie schnell, dann drucke ich sie einfach neu aus, ich nehme alles mit und sage, dass du plötzlich krank geworden bist, völlig überarbeitet. Du gehst einfach zum Arzt und läßt dich ein paar Tage krankschreiben. Nun geh schnell wieder nach Hause, bevor dich jemand so hier sieht. Ich sage einfach, dass du angerufen hast. Komm, verschwinde."

„Aber ich habe doch gestempelt, da weiß man doch nachher, dass ich..."

„Na und, dann sage ich eben, dass du zwar da warst, aber dann einen Kreislaufkollaps bekommen hast, Überarbeitung eben, das versteht schließlich jeder, los ab mit dir, hau einfach ab, geh zum Arzt und denk mal an dich, wer du bist und was du kannst. Und tu dir was Gutes, das hilft immer."

„Nein, ich will nicht, dieses Schwein, alle Männer sind Schweine, alle, was soll ich bloß machen, was soll ich bloß machen?"

„Los, Andrea, es hat doch keinen Zweck, dass du dich jetzt fertig machst. Ab zum Arzt, wir telefonieren, ruf mich morgen mal an, ja? Dann besprechen wir alles andere, wie es dann mit dir weitergeht."

„Meinst du wirklich? Soll ich das wirklich tun? Das habe ich noch nie gemacht, ich weiß nicht,…"

„Los, nun mach schon, ab mit dir, raus, schnell, nimm die andere Tür, der Chef kommt gleich, es ist genau 10.00 Uhr, ich muss ins Meeting, tschüs, und Kopf hoch, meine Liebe, Kopf hoch. Lass dich nicht fertigmachen, es gibt noch andere Männer als solche Ego-Typen."

Wie ein begossener Pudel steht Andrea wieder vor der Straßenbahnhaltestelle, es dauert ewig, bis die richtige Bahn kommt, um die Zeit ist sie fast leer, nur zwei Punks mit ihren Hunden sitzen auf der letzten Bank, und blicklos starrt sie hinaus, aber in ihrem Kopf rattern nur die Gedanken im Kreis.

Am helllichten Tag einfach blaumachen? Man kommt sich so amputiert vor, alles ist tot, alles ist vorbei, alles ist zu Ende, wieso bloß, wieso bloß? Warum hat Martin das getan? Das hatte er doch gar nicht nötig gehabt, sie hätte auch gern ein Kind bekommen, warum hatte sie immer nur auf ihn gehört. Fairness? Haha. Rücksicht? Sie hätte doch auch einfach schwanger werden könne, warum hatte sie damals keinen Mut dazu gehabt? Es ging ihnen doch finanziell gut, da wäre ein Kind doch kein Problem gewesen. Aber er wollte nicht, er wollte doch Professor werden. Und jetzt ist alles vorbei, vorbei, vorbei.

Eine Stunde später sitzt Andrea bei Dr. Lorry im Wartezimmer, so elend hat sie sich schon ewig nicht mehr gefühlt. Als sie endlich dran ist, stockt ihr die Stimme und sie beginnt zu weinen. Der alte Dr. Lorry kennt sie schon so viele Jahre, und er begreift sofort, dass etwas schlimmes passiert sein muss und er macht keine Umstände, er schreibt sie eine ganze Woche krank.

Vollkommen trostlos steht sie dann draußen auf der Straße, das Rezept mit dem starken Beruhigungsmittel aus der Apotheke in der Hand, und was soll sie jetzt nur tun? Eins nach dem anderen, jetzt wird sie erst mal das Rezept einlösen.

Jetzt hat sie eine ganze Woche Zeit, mit der Sache fertig zu werden, eine ganze lange Woche, aber nun ist sie erst mal arbeitsfrei, das ist sehr ungewohnt. Also, was muss sie zuerst tun?

Erst mal 200 Euro vom Geldautomat abheben, im Bio-Supermarkt einkaufen, Käse, frisches Brot, etwas Obst, Bionade und zwei Flaschen Öko-Rotwein. Kopf hoch, Andrea, Kopf hoch, das Leben geht weiter, das Leben muss irgendwie weitergehen, aber wie soll es denn weitergehen ohne Martin? Unvorstellbar ohne ihn.

In der Wohnung angekommen, reißt sie erst mal alle Fenster auf, die beiden Rotweingläser knallt sie in die Spüle, eins zerbricht und schneidet ihr in den Finger, nun tropft überall Blut in die Küche, den Kühlschrank entlang, fluchend bindet sie sich das erstbeste Küchentuch um die

Hand, aber das Blut sickert schnell durch, so ein Mist aber auch.

Aus dem Abstellraum holt sie die Rolle blauer Müllsäcke. So, jetzt ist das Schlafzimmer dran. Da sind seine Anzüge, rein damit, einfach reinstopfen, die Schublade mit den Socken landet hinterher, ganz egal, ob sie ein paar Blutflecken abkriegen, das ist ihr völlig wurscht.

Der erste Sack ist voll, im zweiten landen die Hemden, die Krawatten, die Unterwäsche, weg, raus auf den Balkon damit. So viele Jacken, Mantel, Schuhe, mein Gott, hat der viele Klamotten, das meiste zieht er sowieso nicht mehr an, ach, das ist ihr alles ganz egal, alles rein in den Sack. Und was er nicht mehr will, soll er doch selber zum roten Kreuz in die Kleidersammlung bringen.

Zwischendurch klingelt das Telefon, der Anrufbeantworter springt immer wieder an, meistens ist es Martins Stimme „Andrea, wir müssen miteinander sprechen, Andrea, geh schon ran, ich weiß, dass du zu Hause bist, Andrea, Andrea…Ich liebe dich doch, wir müssen endlich vernünftig reden".

Der fünfte Müllsack landet auf dem Balkon, dann hält sie es nicht mehr aus und schreit ins Telefon. „Los, du kannst sofort kommen, ich habe alles gepackt, fünf Säcke Klamotten, und deine Bücher landen im Altpapier, wenn du sie nicht gleich abholen kommst."

„Aber Andrea, das ist doch keine Lösung, wir müssen erst mal miteinander reden.“

„Mit dir rede ich nicht mehr, nie mehr. Also, wann du kommst, ist mir vollkommen egal, tu es nur bald, sonst stelle ich alles auf die Straße oder ich
schmeiße alles sofort in den Müll.“

„Na gut, in zwei Stunden bin ich da, aber ich will endlich mit dir über alles reden. Es gibt immer eine vernünftige Lösung. Also, bis gleich.“

Wütend knallt sie den Hörer hin. „Es gibt immer eine vernünftige Lösung?“ haha, na klar, nur für wen? Was soll sie jetzt bloß tun? Unschlüssig sitzt sie auf dem Balkon und starrt die Tablettenschachtel mit dem Beruhigungsmittel an. Ob sie jetzt wohl noch eine dritte Tablette nehmen soll? Der Doc hatte ihr gesagt, dass sie ziemlich stark sind, und dass sie vorher lieber etwas essen sollte.

Essen? Igitt, sie kann doch jetzt nicht an essen denken. Aber woran denn überhaupt denken? Ach, es wäre doch schön, überhaupt nie mehr zu denken, einfach alles ausschalten, nur noch schlafen und diesen ganzen Mist einfach vergessen. Aus. Ende. Over.

Andrea, Andrea, Mädchen, wie weit ist es mit dir gekommen? Sitzt hier und heulst dir die Augen aus und weißt nicht weiter, Mädchen, Mädchen, hast du eine

Ahnung, was du alles verpasst, und Liebeskummer vergeht.

Oh, meine liebe Mama hatte das bei meinem ersten Liebeskummer auch gesagt, wieso fällt es mir denn jetzt gerade ein? Liebeskummer vergeht?

Meine liebe Mama, hast du eine Ahnung, nach 15 Jahren ist er einfach abgehauen, das ist mehr als Liebeskummer, Mama, viel mehr. Das tut so weh, nein, so will ich nicht weiterleben, so nicht. Vielleicht machst du mir da oben ein Plätzchen frei im Himmel?

Entschlossen öffnet sie die Tablettenpackung, drückt noch zwei kleine gelbe Tabletten heraus, geht in die Küche und spült sie entschlossen mit einem Glas Wasser herunter. So, das wäre erst mal geschafft, jetzt noch den Kopf unter den kalten Wasserhahn halten, egal, ob das T-Shirt hinterher nass wird.

Sie sieht ihr Spiegelbild an. Oh Gott, wie sehe ich denn aus? Vollkommen verquollen und verheult, nee, so fertig soll dich der Typ nicht sehen. Was nun? Ich mache einfach nicht auf, oder ich haue einfach ab, den Typen kann ich jetzt nicht ertragen, den nicht, nie wieder, nie wieder.

Schnell zerrt sie die Säcke vor die Haustür, dann zieht sie sich den Jogginganzug an, Angora-Socken, Sportschuhe, etwas frische Luft wird ihr jetzt guttun. Ein kleiner Rucksack ist schnell gepackt, Tempos, Handtuch, Sprudel, die Tabletten, Geld und die Monatskarte und dann nichts wie weg hier. Soll der doch sehen, wo er bleibt, sie muss ja nicht dabei sein, wenn er seine Klamotten abholt. Und jedes Reden ist jetzt zu spät, mit dem wird sie nie mehr reden, nie mehr. Die Tür wird schwungvoll zugeknallt, und dann rennt sie einfach los, einfach die Straße runter.

Der Stadtwald ist jetzt meistens zu voll, sie braucht etwas Einsamkeit und der Frankenforst ist direkt das richtige, sie braucht nur eine halbe Stunde mit der Linie 7 zu fahren, aber in der Bahn sitzt ein Trupp Rentner fröhlich schwatzend in Wanderkleidung, grauen und beigen Windjacken, graue Kräuselfrisuren und viele Glatzen, einige ziemlich faltig, aber alle braungebrannt, gesund und ziemlich lebenslustig. Die kann sie jetzt nicht ertragen. Also setzt sie sich lieber direkt hinter den Fahrer, da hört sie das Gequatsche nicht.

Die Tabletten beginnen langsam zu wirken, sie wird ein bisschen müde, aber irgendwie fühlt sie sich schon etwas besser. Köln-Mülheim, Holweide, die Autobahn, das kennt sie alles, sie ist schon so oft mit der Linie 7 gefahren.

An der Haltestelle Frankenforst steigt sie aus, oh, Mist, ausgerechnet die Rentnerbande folgt ihr, sie haben dummerweise das gleiche Ziel. Was nun? Ach was, der Frankenforst ist groß genug. Sie wird sich erst mal an die Haltestelle setzen und gucken, wohin die laufen. Und dann wird sie eben die andere Richtung nehmen.

Nach 10 Minuten hört sie nur noch das Rauschen der Bäume, und jetzt ist sie allein, endlich allein. Ein Blick auf die Uhr, es zwei Uhr vorbei, langsam steht sie auf, die Tabletten scheinen zu wirken, denn sie geht wie auf einem dicken Teppich.

Zum Joggen reicht es nicht, aber man kann ja auch langsam spazieren gehen. Ach, hier riecht es so gut nach Tannennadeln, die Sonne ist schön warm und das Leben ist eigentlich ziemlich schön, alles wird bestimmt gut, irgendwie wird später mal alles gut. Bis jetzt ist immer alles gutgegangen...

Langsam geht sie bis zum kleinen Teich am Grillplatz, zum Glück ist niemand ist da und sie breitet ihr Handtuch in der Sonne aus. Ach, noch einen Schluck Wasser trinken, ach da sind ja auch die Tabletten, es reicht ja, wenn sie sich noch zwei einwirft, dann schläft sie etwas in der Sonne, ach, ja, und dann wird alles gut, alles wird gut, alles wird gut. Das sind gute Tabletten, die wirken sofort, davon wird man ganz ruhig.

„Laß mich in Ruhe. Laß mich endlich schlafen, Martin, ich will heute nicht aufstehen, ich hab frei. Spinnst du? Hör endlich auf damit. I gitt, du sollst aufhören, was machst du da?"

„Platz, Erkan, Platz, hörst du? Platz! Wir sollten dich mal lieber fragen, was du hier machst. Hier ist pennen für Fremde verboten, das ist unser Platz, du störst, also hau ab, verpiss dich mal, aber schnell, sonst passiert was..."

„Was? Wo? Wie? Wieso bin ich denn hier, tu mal den Köter weg, der stinkt."

„Das ist unser Platz. Bist du etwa high oder willst du es nicht kapieren? Gleich kommen die anderen, jetzt verpiss dich endlich und zieh ab, weg mit dir, ist das klar?"

Andrea kommt benommen hoch, es ist fast dunkel, wo ist sie überhaupt? „Wo bin ich hier eigentlich?" fragt sie matt und hält sich den Kopf fest, sie hat fürchterliche Kopfschmerzen. „Aua, das tut weh. Was wollt ihr denn von mir?"

„Was ist mit dir Tussi los, kapierst du nicht, du sollst endlich abzischen, das ist unser Revier." Andrea steht vorsichtig auf, alles dreht sich und mit letzter Willensanstrengung steht sie schwankend an einem Baum, vor ihr steht eine Gruppe Punks mit abenteuerlichem Outfit und seltsamen Frisuren, ihre Hunde laufen schnuppernd herum und der größte von ihnen muss sie wohl gerade aufgespürt und abgeleckt haben.

„Lasst mich endlich in Ruhe, ich kann bleiben, wo ich will." Lallt sie und hält sich am Baum fest, der gerade vor ihr steht.

„Aber nicht an unserem Treffpunkt, pennen kannst du anderswo, das ist unser Platz, also mach dich sofort vom Acker." hört sie eine kreischende Frauenstimme sagen.

Langsam wird sie wieder klar im Kopf, der sägende Kopfschmerz hört auf, sie ist mitten im Wald auf einer Wiese am Teich, und vor ihr steht eine Gruppe Punks mit herumschnüffelnden Hunden. Wie ist sie bloß hier her gekommen? Jetzt fällt ihr alles wieder ein. „Wo ist mein Rucksack? Ich geh ja schon weg, macht doch, was ihr wollt.“

„Wunder dich nicht, wir haben uns inzwischen eine Spende von 50 Eiern genehmigt, das macht dir doch nichts aus, oder?“

„Was habt ihr?“

„Wir haben eine Spende von 50 Eiern kassiert, aber nun mach dich vom Acker, sonst passiert noch was ganz schlimmes. Da geht's lang, immer geradeaus und dann nach rechts, dann bist du wieder an der Linie 7.“

Irgendwie ist ihr das mit dem Geld ganz egal, sollen sie doch damit selig werden, bloß nichts wie weg von diesen Typen mit ihren blöden stinkenden Kötern.

Benommen stolpert sie den dunklen Waldweg entlang, jetzt erkennt sie ihn wieder und nach fünf Minuten steht sie aufatmend an der Haltestelle. Glücklicherweise muss sie nicht lange warten, die 7 rauscht heran, sie klettert hinein, findet einen Eckplatz, kuschelt sich zusammen und ist schon nach wenigen Minuten fest eingeschlafen.

Durch Zufall wird sie geweckt, die Bahn verlässt gerade den Friedhof Melaten, an der übernächsten Haltestelle, Maarweg, muss sie aussteigen. Das ist ja gerade noch mal gut gegangen. Wo sind bloß die Haustürschlüssel? Ach, da baumeln sie ja im Rucksack, nicht auszudenken, wenn die Typen ihren Schlüssel geklaut hätten. So ein Leichtsinn, wie kann man nur so viel pennen, man wird ja ganz dusselig von den Tabletten.

Sie stößt langsam die Haustür auf, das Licht fällt auf vier aufeinander gestapelte Umzugskartons, oha, er war also dagewesen, na das ist aber gut. Im Wohnzimmer sieht es ähnlich aus, leere Regalbretter gähnen sie an, die Bose-Anlage ist weg, alle Klassik-CDs, der Fernseher ebenfalls, na, bitte schön, soll er doch den ganzen Plunder mitnehmen, wenn er den gebrauchen kann.

Da steht ihr Laptop, der gehört ihr allein, den hat er nicht anzufassen, na ja, das hat er wenigstens akzeptiert. Jetzt erst fällt ihr auf, dass ihr nur sehr wenige eigene Bücher gehören, und die hat er sorgfältig aussortiert. Die Reihe mit den Kochbüchern ist unversehrt geblieben, ebenso die alten Kassetten und zwei Fotoalben mit ihren Aufnahmen aus ihrer Jugendzeit.

Auf dem Balkon sind alle blauen Müllsäcke mit seinen Klamotten verschwunden. Das ist sehr gut, jetzt hat sie endlich mal genug Platz im Schlafzimmerschrank.

Auch aus dem Schuhschrank sind alle seine Schuhe verschwunden, nun erinnert nichts mehr an ihn, Gott sei

Dank. So schnell kann alles vorbei sein, 15 Jahre einfach vorbei, rückstandsfrei.

Doch, seine Zahnbürste hat er vergessen, die landet direkt im Mülleimer. Ach, endlich keine Haare mehr im Waschbecken, im Schrank sind noch Spuren seines Rasierzeugs zu sehen. Morgen wird sie auch das beseitigen, nichts soll mehr an ihn erinnern. So schnell geht eine Beziehung kaputt.

Das Telefon klingelt, sie geht nicht dran. Der Anrufbeantworter springt an, schon wieder 24 Nachrichten. „Andrea, wo bist du? Ich habe schon so oft angerufen, melde dich endlich mal, ich mache mir Sorgen. Jetzt ist es 23.10 Uhr , morgen früh rufe ich wieder an."

Na, dann ruf ruhig an, bis du schwarz wirst, ich werde mit dir jedenfalls nicht mehr reden, nie mehr, das ist vorbei, da kann kommen, was will. Was ist als nächstes zu tun? Da stehen die Umzugskartons, die müssen raus ins Treppenhaus, Mann, haben die ein Gewicht, und morgen wird sie das Türschloss auswechseln lassen, dann kann er nicht mehr in ihre Wohnung, das ist sehr gut.

Oha, was steht denn da auf dem Küchentisch? Unser Hochzeitsbild hat er da aufgebaut, spinnt der denn total? Ein Zettel mit „Andrea, ich liebe dich, wir müssen reden."

Wir haben nichts mehr zu reden, mit dir rede ich nie wieder, schreit sie laut und wirft das Bild auf den Boden, dass die Glassplitter nur so durch die Küche fliegen. Auf dem Foto trampelt sie so lange herum, bis es auch in Fetzen ist.

Heulend holt sie den Besen und kehrt alle Reste in der Küche auf, knallt alles in den Mülleimer. Ach, es ist furchtbar, ganz furchtbar, was soll sie bloß machen? Aber eins steht fest, sie wird sich nicht unterkriegen lassen, niemals, nie.

Was muss man nun als nächstes tun, damit er nicht mehr reinkommt, zuerst mal die uralte Kette vorlegen, dann das Sideboard im Flur vor die Tür rücken, Mann, das ist verdammt schwer, was ist da bloß alles drin?
Wo ist mein i-Pod mit der Musik? Aha, noch in meiner Reisetasche an der Seite. Wo ist die Rotweinflasche, ach ja, man muss mal etwas essen, sie hatte doch vorhin frisches Brot in der Küche, Käse und etwas Obst, erst mal stärken und dann mal gründlich nachdenken, wie es weitergehen soll. Darüber wird die erste Rotweinflasche leer, die zweite folgt, dann noch zwei oder vielleicht drei Tabletten einwerfen, und dann etwas entspannen und nachdenken und nachdenken und nachdenken, ja, nachdenken.

Plötzlich wird sie von einem Riesenknall geweckt, als das Sideboard wackelt. „Andrea, mach auf, Andrea, nun mach schon auf", an die Tür wird gehämmert.

Wo ist sie? Ach so, zu Hause auf dem Sofa im Wohnzimmer, aua, der Kopf tut so weh, ihr ist übel und sie fühlt sich schwindelig. „Andrea, melde dich, sonst hole ich die Polizei und lasse die Tür aufbrechen, du darfst das nicht, das ist ja schließlich auch meine Wohnung. Nun sei also vernünftig, mach auf, das ist mein letztes Wort."

Vorsichtig steht sie auf, stützt sich an die Wand, würgt, Mann, ist mir schlecht, denkt sie, Zähne zusammenbeißen, ein Schritt, und noch ein Schritt und noch ein Schritt, dann steht sie genau vor dem Sideboard, die Haustür ist ein Spalt offen, die Türkette verhindert, dass sie ganz aufgedrückt wird.

„Hau ab, hau endlich ab und laß mich allein, hörst du? Ich will dich nie wieder sehen, hörst du, nie wieder."

„Sei doch vernünftig, Andrea, wir sind doch erwachsene Menschen, wir müssen jetzt zusammen reden, also, laß mich rein, sonst passiert noch was. Mann, die Nachbarn gucken doch schon alle, willst du uns denn vollkommen blamieren? Andrea, jetzt mach schon und laß mich endlich rein."

„Na gut, ein allerletztes Mal, und dann nie wieder, hörst du? Nie wieder." Mit letzter Kraft schiebt sie das Sideboard zur Seite, nimmt die Kette ab, Martin stürmt an ihr vorbei, knallt die Haustür zu und ist mit einem Satz im Wohnzimmer und läßt sich triumphierend auf dem Sofa niederfallen.

„Gott sei Dank bist du endlich vernünftig geworden. Aber wie siehst du denn aus? Du bist ja vollkommen verquollen im Gesicht, was hast du denn gemacht?"

„Das geht dich gar nichts an, also, was willst du von mir?"

„Setz dich erst mal hin, wenn du dich schon nicht scheiden lassen willst, dann müssen wir wenigstens klare Verhältnisse schaffen."

„Was soll das denn heißen? Für mich ist alles klar, aber ich lasse mich nicht scheiden, da kannst du machen, was du willst. So einfach werde ich es euch nicht machen."

„Was willst du, die Wohnung oder die Sparbücher? Das Auto brauche ich leider, das kann ich dir nicht überlassen. Du musst dich ja nicht sofort entscheiden, aber ich will mit dir gerecht und fair teilen, wir haben es uns ja schließlich zusammen erarbeitet. Ich will eine faire Lösung."

„Fair, was meinst du mit fair? Nennst du das fair?"

„Andrea, nun mach es mir doch nicht so schwer, sei doch vernünftig."

„Warst du vielleicht vernünftig, als du mit dem Blondie angefangen hast?"

„Das hat doch damit nichts zu tun, das ist doch etwas ganz anderes."

„So, etwas ganz anderes."

„Mann, Andrea, ich möchte doch eine faire Lösung für uns alle, das musst du doch verstehen, und *außerdem* kann es doch nicht so weitergehen. Also ich stelle es mir so vor, die Wohnung ist doch viel zu groß für dich allein, denk bloß mal an die Miete, und ich könnte sie jetzt ganz gut gebrauchen."

„Spinnst du? Nichts da, ich will diese Wohnung behalten, egal, wie groß sie ist, das ist schließlich meine Wohnung, meine Eltern haben sie damals fast allein bezahlt, nein, mich kriegst du hier nicht raus, ich bleibe hier, und zwar für immer."

„Mit dir kann man einfach nicht reden. Andrea, denk doch mal nach, das sind über 100 Quadratmeter, das ist doch..."

„Nee, mein Lieber, hier kriegst du mich nicht raus, steck dir deine Sparbücher und Aktienfonds an den Hut, nimm deine Karre und zisch endlich ab, ich kann dich nicht mehr sehen, hörst du?

Das ist meine Wohnung, deine Möbel kannst du dir alle rausholen, das ist mir völlig wurscht, aber die Wohnung, die kriegst du nicht, nur über meine Leiche, da bin ich knallhart."

„Andrea, sei doch nicht so herzlos, denk doch mal nach, wir bekommen ein Baby, wir brauchen eine große Wohnung, und du weißt genau, wie schwer das hier in der Stadt ist."

„Was, jetzt spinnst du aber total, du bist herzlos, du hast mich betrogen, das ist mein allerletztes Wort, du kannst alles rausholen, was du willst, aber die Wohnung, die gehört mir und die werde ich niemals aufgeben, das ist mein allerletztes Wort."

„Aber Andrea, ich könnte dir doch eine andere..."

„Nichts da, Such dir selber eine andere, ich bleibe hier und sobald du endlich hier ganz raus bist, werde ich alle Schlösser auswechseln lassen. Wann willst du die restlichen Möbel abholen? Los, sag schon, wann? Termin...."

„Andrea, sei doch vernünftig, wir..."

„Nein, und wenn du sie nicht mehr willst, kann ich sie ja zerhacken und das Brennholz auf die Straße schmeißen, das wird mir ein Vergnügen sein."

„Andrea, überleg doch noch mal, ich könnte sie dir doch mit Aktienfonds gegenfinanzieren, ich brauche aber die Wohnung, ich mache dir auch einen guten Preis."

„Die kriegst du niemals, und wenn ich sie anstecke, das ist meine Wohnung. Such dir eine andere, du hast genug Geld mit deinem Professorengehalt. Du kannst doch in die Lüneburger Heide zur Försterfamilie ziehen, die werden dich bestimmt mit Kusshand aufnehmen."

„Nun spinn nicht rum, Andrea, sei vernünftig, ich bitte dich."

„Nein, das ist mein allerletztes Wort und wenn du nicht sofort gehst, schreie ich und hole die Polizei, ich kann einfach sagen, du hättest mich geschlagen, da kriegst du sofort Hausverbot, also hau ab, hau endlich ab, sonst passiert gleich was fürchterliches."

„Aber Andrea, meine Liebe..."

„Wenn ich das schon höre, meine Liebe, meine Liebe"

„Äffe mich nicht nach, sonst werde ich wirklich sauer und knalle dir eine. Kann man denn nie vernünftig mit dir reden?"

„Was willst du? Das kannst du haben, hau ab, endgültig, weg mit dir, sonst passiert gleich was." Schreit Andrea, springt auf und kippt ihm den Glastisch auf die Füße, ein Aufschrei, Glas splittert, mit einem Riesenknall scheppert alles zu Boden. Mit fürchterlicher Wut reißt sie eine Pflanze vom Fensterbord und schmeißt sie ihm an den Kopf, eine zweite zerplatzt an der Wand, die Erde bröselt durch die ganze Wohnung. „Das hast du jetzt davon, hau ab, weg mit dir, hau ab, raus, raus, los."

An der Tür wird geklopft, es klingelt heftig, zwei Polizisten stehen im Flur, sie wurden von den Nachbarn geholt. „Aufmachen, sofort aufmachen. Polizei."

Andrea geht zur Tür, öffnet, die zwei Polizisten kommen hereingestürmt. „Ist Ihnen was passiert? Was ist hier los? Brauchen Sie Hilfe?"

„Danke, eine kleine Auseinandersetzung, mein Mann hat mich bedroht, ich musste mich wehren, und darum sieht es hier auch so aus."

„Na, dann kommen Sie mal mit, damit hier wieder Ruhe endlich einkehrt," sagt der ältere Polizist gemütlich, aber da haben sie nicht mit Martin gerechnet.

„Ich habe gar nichts gemacht, sie ist ausgerastet, sie, ich nicht, ich wollte nur mit ihr reden."

„Ja, ja, das kennen wir, einfach nur reden, und immer sind die Frauen gewalttätig, die armen Männer haben doch gar nichts gemacht. Also kommen Sie jetzt friedlich mit, sonst müssten wir andere Maßnahmen ergreifen." Und zu Andrea gewandt: „Wollen Sie jetzt gleich ein Hausverbot aussprechen?"

„Ja, danke, das ist das Beste, ich werde sofort einen Schlüsseldienst beauftragen, dies ist nämlich meine Wohnung."

„Aber an der Haustür stehen doch zwei Namen, das kann so nicht so ganz stimmen," sagt der andere Polizist kopfschüttelnd und betrachtet interessiert den umgekippten Glastisch.

„Na und, das ist trotzdem meine Wohnung, meine Eltern haben sie damals bezahlt."

„So, dann lassen Sie uns erst mal friedlich werden, Sie gehen ein paar Tage zu einem Freund oder zu Ihren Eltern, bis alles geklärt ist. Und Sie, meine Liebe, Sie haben hier bestimmt eine ganze Menge aufzuräumen, oder?"

„Das können Sie doch nicht machen, das geht doch nicht. Das ist auch meine Wohnung. Das können Sie doch nachprüfen, hier bin ich gemeldet, hier ist mein Ausweis."

„Oh, da geht noch eine ganze Menge mehr, wenn Sie das meinen, aber das Ganze könnte dann für Sie ziemlich ungemütlich werden," sagt der ältere Polizist und in seiner Stimme ist ein drohender Unterton.

„Na warte, Andrea, das zahl ich dir heim, du wirst noch von mir hören, das verzeihe ich dir nie..."

„Keine Drohungen, das kann für Sie sehr ungemütlich werden, das sagte ich doch eben schon." Sagt der Polizist und fasst Martin fest am Arm.

„Fassen Sie mich bloß nicht an, ich warne Sie, ich warne Sie."

„Keine Drohungen gegen die Polizeigewalt, Sie können sich ja einen Anwalt nehmen. Also, bitte gehen Sie direkt, hier heraus, die Anzeige bekommen Sie zugeschickt. Sie können ja gleich noch Ihre neue Adresse angeben."

„Am besten schicken sie alles ins Institut für Ur- und Frühgeschichte, das ist die beste Adresse, da können Sie ihn am besten auch sofort abliefern. Auf Wiedersehen. Und rufe mich bloß nie mehr an, hörst du? Nie mehr. Wir sind fertig miteinander."

„Na, dann gehen wir mal wieder, sonst ist doch alles in Ordnung bei Ihnen? Oder muss noch irgendetwas geklärt werden?"

„Nein, danke, vielen Dank, dass Sie gekommen sind. Jetzt ist alles geklärt." Auf dem Flur steht die ganze Hausgemeinschaft und gafft, als alle endlich abziehen.

Aufatmend zieht Andrea die Tür zu, das ganze Wohnzimmer ist ein Trümmerfeld, aber das ist ihr ganz egal, sie hat gewonnen, das ist ihre Wohnung und hier wird sie niemand mehr vertreiben, niemand, niemand.

Was mache ich nun zuerst? Erst mal die Gelben Seiten aufschlagen, Schlüsseldienste gibt es genug, es vergeht knapp eine Stunde, als der bestellte Handwerker klingelt. In einer Viertelstunde ist alles erledigt, ein neues Schloss und zwei Riegel schützen nun zusätzlich die Tür.

Inzwischen hat sie die Reste des verhassten Glastisches weggeräumt, der Blumentopf hat an der Wand einen hässlichen schwarzen Flecken hinterlassen und die verstreute Blumenerde läßt sich schwer aus dem hellen Teppich herausholen. Sie kann ihn nur zusammenrollen und erst mal in den Keller tragen, das ist die beste Lösung.

Jetzt wirkt das Wohnzimmer so groß wie eine Turnhalle, aber das ist völlig egal. Sie hat es geschafft, endlich ist er bestraft, endlich ist er weg, jetzt kann er sie mal kreuzweise. Soll er doch hingehen, wo der Pfeffer wächst.

Aber als sie auf dem Balkon steht, fragt sie sich plötzlich verzagt, wie es sein kann, dass eine so lange Ehe so sang- und klanglos zu Ende gehen kann. War die Liebe schon vorher vergangen, was hatte sie eigentlich die ganze Zeit zusammengehalten? Waren die 15 Jahre wirklich nur Gewohnheit gewesen? Eigentlich nicht, war es wirklich Liebe, aber..., aber was war es sonst gewesen? Vielleicht wird sie später mal eine befriedigende Antwort darauf bekommen, aber jetzt ist sie irgendwie befreit, ihn endgültig los zu sein.

Es ist schon später Nachmittag, als sie das Haus zum Einkaufen verlässt. Jetzt fängt ein neues Leben an, nun braucht sie nur noch an sich selbst zu denken.

Was steht da im Fenster des Reisebüros? Das ist so grell geschrieben, das kann man ja kaum lesen. Last-Minute-Kreta, Supersonderangebot, Restplätze frei. Jetzt Urlaub machen, das wäre es doch, einfach mal eine Woche abhauen, ohne Stress. Keine Bildungsreisen mehr mit den vielen Besichtigungen, Ausgrabung hier, Tempel da, Höhlenmalerei in Frankreich, einfach mal einen einfachen

Urlaub am Strand machen, einmal mal richtig faulenzen und gar nichts tun.

Nach dem Einkauf kommt sie vollgepackt wieder am Reisebüro-Schaufenster vorbei, und diese grelle Schrift im Schaufenster lockt irgendwie. Kreta, da war sie noch nie gewesen, wo liegt das mal noch? Das ist doch eine Insel in Griechenland, ja richtig, und da kann man Urlaub machen, baden, ausspannen und den ganzen Mist vergessen. Da gibt es zwar auch Archäologie, aber die muss sie sich ja nicht ansehen, ihr Bedarf an Archäologie und Archäologen ist voll gedeckt.

„Hallo, Frau Baumann, guten Tag, ja, Kreta ist wirklich ein sehr interessantes Angebot. Ich habe gerade eben noch mit der Zentrale telefoniert, es sind nur noch zwei Plätze im Flieger von Köln-Bonn frei," Frau Berger, die Reisebüro-Inhaberin, steht gemütlich vor der Tür, in der Hand hat sie gerade einen Becher Kaffee von nebenan aus der Bäckerei geholt. „Wenn ich die Zeit hätte, würde ich direkt selber losfliegen."

Sie kennen sich schon ein paar Jahre und Frau Berger hatte immer Martins Dienstreisen, und außerdem auch ihre privaten und oft ziemlich komplizierten Urlaubsreisen gebucht, eine oft sehr anspruchsvolle Angelegenheit, die immer zu ihrer Zufriedenheit ausgeführt wurde.

„Soll ich Ihnen den Rucksack mal abnehmen? Mann, der ist aber schwer, was haben Sie denn da alles drin? Wo ist denn Ihr Mann, stimmt, den habe ich auch schon lange nicht mehr gesehen. Geht der nicht mehr mit Ihnen einkaufen?

Wollen Sie auch einen Kaffee? Ich hole Ihnen einen Becher von nebenan, kommen Sie ruhig rein und setzen Sie sich, dann können Sie sich ein bisschen ausruhen und ich kann mal wieder etwas quatschen. Es gibt Obstplunder, ich nehme mir auch einen."

„Danke, Frau Berger, danke, das ist eine sehr gute Idee. Ja, ich habe mich ein bisschen überladen mit dem Einkaufskram, aber dann brauche ich auch nicht zweimal zu laufen."

„Aber Ihr Mann könnte Ihnen doch die schweren Sachen mit dem Auto abnehmen, außerdem sollen Frauen doch nicht so schwer tragen. Nun setzen Sie sich erst mal, ich hole gerade den Kaffee, da liegt der neue Prospekt, gucken Sie sich das Angebot ruhig mal an, die Insel Kreta ist ganz toll."

Aufatmend sinkt Andrea in den Stuhl und blättert lustlos im Prospekt, man muss doch vernünftig sein, an Urlaub ist doch jetzt gar nicht zu denken, sie hat ganz andere Sorgen, oder etwa nicht?

Na, Martin hat sie erst mal rausgeschmissen, das ist nämlich ihre Wohnung, ihre Wohnung ganz allein, die neuen Namensschilder hat sie auch schon bestellt, die werden gleich ausgewechselt. Weg mit Professor Dr. Martin Baumann, Institut für Ur- und Frühgeschichte.

40

Jetzt steht nur noch Andrea Baumann dran, auch unten am Klingelknopf, dann können sich die Nachbarn ruhig das Maul zerreißen, Andrea Baumann, nicht mehr Frau Professor, aber etwas tut es trotzdem doch noch weh, und das alles wegen so einem blöden Blondie, dieser Idiot. „Ich habe jetzt eine Verantwortung, wir bekommen ein Baby." Ha, ha, ha, und als sie ein Kind wollte, hieß es immer, denk doch mal an unsere gemeinsame Zukunft, Andrea. Wir haben doch noch so viel Zeit, erst noch……"

Sie wird aus ihren Gedanken gerissen, als Frau Berger fröhlich mit einem großen Tablett hereingestapft kommt. „Ach, das tut gut, so ein Kaffee ist immer gut für die Lebensgeister.

Haben Sie schon den ganzen Prospekt durchgelesen? Das ist ein Super-Angebot, meine Schwester ist schon zwei Mal da gewesen, und die war von Kreta total begeistert, die freundlichen Menschen, und das zu so einem Preis, nicht wahr?"

Andrea pustet am Kaffeebecher und nimmt einen kleinen Schluck, das tut wirklich gut, was soll sie jetzt Frau Berger sagen? Dass ihr blöder Martin nun ein liebender Papa wird und sie darum einfach verlassen hat? Dass er ihr die Wohnung wegnehmen wollte und sie ihn zum Glück mit den Polizisten rausgeschmissen hat? Ach, das tut viel zu weh, das soll die besser nicht sofort wissen, warum auch?

„Hier, Minoan Palace Hotel, fünf Sterne, Agia Galini, eine Woche all inclusive für fünfhundert Euro, Ihr Mann kann doch auch Urlaub gebrauchen, oder? Jetzt ist doch unterrichtsfreie Zeit, und außerdem kann man auf Kreta jede Menge archäologische Stätten zu besichtigen, Malia, Festos. Auf Kreta waren Sie doch noch nicht, soweit ich mich erinnere, oder?“

„Nein, auf Kreta waren wir noch nie. Mein Mann ist dienstlich mit seinem Projekt sehr eingespannt, der kann nicht weg, aber ich könnte ganz gut einen Urlaub gebrauchen, einfach mal so eine Woche ganz alleine weg, das wäre doch gar nicht schlecht, oder? Wie groß ist denn das Hotel?“

„Fünfhundert Betten, drei Bars, vier Restaurants und alles inclusive, toll nicht? Ach, wenn ich Zeit hätte, würde ich direkt...“

„Und wann geht denn der Flieger?“

„Morgen früh um 7.15 Uhr.“

„Das ist aber wirklich last Minute. Aber so ein großes Hotel? Haben Sie nicht etwas ruhigeres anzubieten? Ich brauche mal wirklich Ruhe, und erst mal eine Woche, das würde supergut passen. Vielleicht haben Sie etwas Kleineres für die nächste Woche anzubieten?“

„Nee, aber dann beginnen die Sommerferien, und dann kostet der Flug zweihundert Euro mehr, warten Sie mal,

Sie könnten ja den gleichen Flieger nehmen und einfach ein kleineres Hotel buchen, das ist doch total einfach.

Wo habe ich denn den anderen Prospekt, der war doch auch total interessant gewesen? Es gibt dort nämlich eine neue Frauen-Kooperative auf Kreta, das sind kleine Familienhotels, die sich zu einer Gruppe zusammengeschlossen haben, weg vom Massen-Tourismus und hin zum Familien-Hotel mit einer individuellen Freundschaft.

Ach ja, da ist er schon, „Gruppe Dafni", so heißt die Frauen-Initiative. Gucken Sie mal rein, ich ruf direkt mal an und frage, ob der Platz im Flieger noch frei ist."

„Aber, ich..."

„Fragen kostet doch nichts, gucken Sie einfach mal rein und ich ruf mal kurz durch, das wäre doch gelacht, wenn Sie nicht morgen früh in Urlaub fahren könnten."

Der Prospekt ist nett aufgemacht, auf der ersten Innenseite stehen die Frauen der „Kooperative Dafni" mit den Adressen, drinnen werden fünf kleine Hotels und Bungalowanlagen vorgestellt, im Landesstil eingerichtet, alle mit Meerblick und einem kleinen Balkon, draußen mit viel Blumenschmuck, für alle eine schönen Terrasse mit Meerblick, absolut kein Massentourismus, sondern familiäre Leitung, also Herz, was willst du mehr.

Ich könnte einfach in der Firma anrufen und Urlaub wegen Überarbeitung einreichen, das schlucken die bestimmt, dann brauche ich mich nicht mehr krankschreiben zu lassen, und ich habe ja noch über 20 Tage Urlaub, was für ein wunderbarer Gedanke, einfach mal abzuhauen, das wärs doch. Das mache ich einfach.“

„So, der Flug ist für Sie gebucht, es war wirklich der letzte Sitzplatz, ich finde so eine Frauenkooperative ganz toll, die muss man doch einfach unterstützen, manche Hotels liegen zwar etwas abseits, aber das kann auch sehr reizvoll sein, und andererseits kann man sich doch einen Leihwagen nehmen und Kreta mit dem Auto erkunden, da gibt es so viel zu sehen, dann kann man Land und Leute richtig kennenlernen. Ich ruf gleich mal an, und frage, ob noch was frei ist.“

„Aber ich habe doch noch gar keinen Urlaub...“

„Aber so ein Angebot können Sie sich doch nicht entgehen lassen, der Flug kostet nur 79 Euro, und so ein kleines Hotel vielleicht 30 Euro pro Nacht, mit Essen natürlich etwas mehr, ich kann ja einfach mal nachfragen.“

„Na gut, dann fragen Sie mal nach, aber welches Hotel soll ich denn nehmen? Sie sehen alle sehr nett aus, ich kann mich nicht entscheiden und außerdem weiß ich auch gar nicht, wo welches Hotel auf Kreta liegt. Ich kann mich nicht so schnell entscheiden, muss man da nicht erst mal auf die Landkarte und im Internet gucken?“

„Außer an der Nordküste ist Kreta überall schön, dort stehen die Riesen-Touristenhochburgen, da muss man ja nicht unbedingt hin. Aber sonst kann man fast jeden Ort nehmen, und die Südküste ist herrlich und natürlich. Glauben Sie mir ruhig, ich war mindestens schon drei Mal auf Kreta und ich war noch nie enttäuscht. Ich frag einfach mal nach, wo was frei ist, das dauert nur einen Augenblick."

„Ja, das ist gut, und ich probiere mal übers Handy, ob ich direkt Urlaub kriegen kann." Plötzlich fühlt sie ein abenteuerliches Kribbeln im Bauch, das wär's doch, einfach mal Urlaub machen, vielleicht sogar ein Abenteuer erleben, einmal allein verreisen. Erst mal raus aus dieser elenden Situation, etwas plötzlich zwar, aber meine Güte, was soll's. Urlaub ist eben immer das beste Heilmittel für alle Sorgen gewesen.

Die Nummer der Personalabteilung ist gespeichert, hallo, Frau Weinert, ich bin leider krank, ich hatte ja schon heute früh angerufen, ach, das wissen Sie schon? Ja, ja, das ist Überarbeitung, das kennen Sie doch auch, oder?

Und dann noch der Apothekertag, vier lange Tage auf dem Messestand, ja, ja, ich bin völlig fertig und ich brauche mal eine Woche Urlaub, um wieder auf die Beine zu kommen. Sie wissen schon, der Chef hat es ja nicht so gern, wenn man krankgeschrieben ist, und eine Woche Urlaub kann man doch dazwischenschieben, ich habe doch noch über 20 Tage zu kriegen.

Sie füllen den Schein für mich aus? Danke, Grazie, vielen Dank. Ihnen auch alles Gute, ja, ich habe ja für alle Fälle das Handy dabei, Sie können mich jederzeit erreichen, tschüs. Und viele Grüße an alle."

Auf einmal ist die Welt rosarot, Andrea, du bist ein Glückskind, Urlaub machen, ganz allein, ein kleines Hotelchen mit Familie, Katz und Hund, und ein kleiner Strand, immer etwas Schönes zu essen, Kreta, ich komme.

„Na, haben Sie Ihre Firma erreicht?"

„Ja, das ging ganz einfach, es ist alles geklärt, ich bin völlig überarbeitet, und dann der Apothekertag, außerdem habe ich ja noch 20 Tage Urlaub, alles ist geklärt, ich kann Urlaub machen, hurra."

„Das ist ja super, aber ich habe mit der Buchung noch ein kleines Problem. Die Zentrale hat niemand auf Kreta erreichen können, die machen da bis fünf Uhr Siesta, aber sie haben mir 100%-ig zugesichert, dass Sie einfach morgen früh den Flieger nehmen sollen, hier ist das Flugticket ausgedruckt, jemand wird Sie morgen früh dort abholen, welches Hotel es ist, ist doch völlig wurscht für eine Woche, die sind alle schön und haben alle denselben Standard.

Den Prospekt gebe ich Ihnen mit, ich bin mal gespannt, wo Sie dann landen werden, das gilt sogar als Überraschungsangebot, mit Sonderpreisen, und ob Sie

46

Vollpension oder Halbpension wollen, können Sie dann direkt vor Ort vereinbaren, dabei spart man auch noch eine ganze Menge. All-inclusive ist doch total langweilig, oder? Man kann doch sowieso nicht andauernd essen."

„Oh ja, das ist toll, hurra, ich fliege schon morgen, wann geht der Flieger genau? Welche Gesellschaft ist es? Direkt von Köln?"

„Ja, um 7.15 Uhr mit Eurowings von Köln-Bonn nach Iraklio. Ich drucke die Tickets direkt aus, Sie zahlen doch mit Kreditkarte wie immer, oder? Zusammen mit der Unterkunft sind das 321 Euro mit Gebühren und allem pipapo, das ist doch ein Wahnsinnspreis, oder?

Sie müssen nur zwei Stunden vorher auf dem Flughafen sein, und die S-Bahn fährt alle zwanzig Minuten vom Hauptbahnhof ab. Na, dann ist doch alles klar, jetzt brauchen Sie nur noch zu packen und dann wünsche ich Ihnen eine gute Reise."

„Oha, ja, vielen Dank, dass das so einfach war. Aber ich habe nun so viel Lebensmittel für eine Woche eingekauft und ich kann doch nicht alles einfrieren, was mache ich da bloß?"

„Die nehme ich Ihnen gerne ab, zeigen Sie mal, was Sie da alles eingekauft haben, dann brauche ich doch nicht selbst zu gehen und habe ich einen Weg gespart. Und so ein Überraschungskauf ist doch spannend, dann kann ich auch mal etwas anderes essen. Da werden wir uns schon einig.“

„Hier auf dem Kassenbon stehen 39,95 Euro.“

„Na, das ist doch bezahlbar. Hier, 40 Euro und Sie sind frei wie ein Vogel.“ Der Einkauf hat direkt den Besitzer gewechselt, der Rucksack ist wieder leer, jetzt noch schnell zur Bank und den Geldautomat geplündert, vierhundert rückt er freiwillig sofort raus, das wird wohl fürs erste reichen. Der Rest wird dann direkt mit der Kreditkarte erledigt, und dann nichts wie ab nach Hause.

Fröhlich kommt sie in ihrer Wohnung an, dann klingelt sie bei der Nachbarin unter ihr, die immer ihre Wohnung während des Urlaubs versorgt.

Die guckt zwar sehr erstaunt und will sie erst mal nach dem Vorgang von heute früh genauer ausfragen, aber Andrea sagt nur, dass sie erst mal eine Woche weg sein wird, ihr Mann auch. Da ist der neue Haustürschlüssel, der neue Briefkastenschlüssel, sonst ist alles wie immer. Es sind zwar nicht mehr viele Blumen da und die Wohnung ist ziemlich leer geworden, da gibt es für sie nicht viel zu tun.

Und tschüschen auch, ich schicke eine Karte, es ist ja nur für eine Woche. Soll die sich doch denken, was sie will, ihr ist es vollkommen egal, sie hat nichts zu verlieren.

Hurra, jetzt nur noch packen, soll sie die große Reisetasche oder den Rucksack nehmen? Ach, nur das allernötigste für eine Woche, eine Jeans, drei T-Shirts, Badesachen, Kosmetika, ein paar Kleinigkeiten, den Fotoapparat oben drauf, vielleicht kann man ja ein paar schöne Schnappschüsse mit nach Hause bringen.

Ein dickes Buch für unterwegs, das reicht, unterwegs auf dem Flughafen gibt es bestimmt genug Geschäfte für Zeitschriften. Ach wie schön, endlich mal keine Landkarte, keine tausend Reiseführer und Sachbücher mitzuschleppen. Kreta liegt in Griechenland, das reicht. Schließlich soll es eine geruhsame Urlaubswoche werden. Ein richtiger Überraschungsurlaub wird es werden, sie wird Land und Leute kennenlernen, sich verwöhnen lassen, Meer und Sonne, mehr braucht sie nicht.

Abends um acht Uhr ist sie mit allem fertig, was soll sie jetzt noch machen? Die fast leere Wohnung geht ihr irgendwie auf die Nerven. Vielleicht hat ihre Freundin Klara etwas Zeit für sie? Da könnten sie sich endlich etwas aussprechen und ihr könnte sie alles erzählen, aber dummerweise ist Klara nicht zu Hause, was nun? Anna, ihre Arbeitskollegin, will sie nicht anrufen, die textet sie immer so zu mit ihrem eigenen Familienglück, das ist unerträglich und geht ihr im Moment total auf die Nerven.

So, was ist noch zu tun? Den Anrufbeantworter besprechen, dass sie im Urlaub ist? Wozu? Damit Martin ihn volllabert? Nee, ausstöpseln, einfach ausstöpseln, der

Telefonanschluss ist für niemanden mehr verfügbar, aus, Ende, das macht richtig Spaß. Jetzt ist sie für niemanden mehr erreichbar, das ist doch die wahre Freiheit.

Und das Handy? Soll es mit auf die Reise oder nicht? Aufgeladen ist es ja, nein, ja, nein, aber es könnte ja sein, dass irgendetwas passiert und dann ist da keine Telefonzelle, nee, sicherheitshalber einstecken, aber ausmachen, das ist die Lösung. Der Rucksack ist trotzdem ganz schön schwer geworden, eine Wasserflasche kommt zünftig griffbereit in das linke Fach, aber dann passt wirklich nichts mehr rein.

So, und was soll ich anziehen? Nur etwas ganz bequemes, die Bermuda-Jeans, das rosarote T-Shirt, die Espadrilles, es ist schließlich warm, das Jeans- Jäckchen drüber, die Haare zum Pferdeschwanz zusammengebunden, fertig, jetzt kann es tatsächlich endlich losgehen, nur noch die Tür abschließen, das neue Schloss hakelt etwas, aber jetzt bin ich endlich mal frei, eine Woche Urlaub, so ein Glück.

Beschwingt rennt sie mit dem dicken Rucksack die Treppe herunter, ein Fremder würde sie für ein Schulmädchen halten, trotz ihrer 44 Jahre. Draußen ist gerade die Sonne untergegangen, ein milder Sommerabend lädt zum Draußenbleiben ein.

Ab zum Flughafen, da ist immer etwas los. Vielleicht kann man noch zum Friseur, vielleicht noch ein Häppchen essen, dann ab in die Nachtbar oder in einer Ecke etwas schlafen und frühmorgens um 5 Uhr einchecken, dann geht schon der Flieger nach Kreta.

Ach, endlich mal etwas anderes machen, also nichts wie weg hier, raus aus Köln, und allen Ärger einfach zurücklassen. Gefrühstückt wird schon auf Kreta, in einer ganz anderen Welt, jawohl, Frauen-Kooperativen soll man immer unterstützen, egal, was es ist. Wenn Frauen etwas in die Hand nehmen, ist es meistens sauber, ordentlich, und gut durchdacht. Vielleicht gibt es dort einen schönen Strand, und der Rest ist vollkommen egal.

Die Linie 1 ist um diese Uhrzeit immer noch recht voll, der Rucksack stört beim Sitzen und landet auf dem Boden, am Neumarkt muss man umsteigen, mit der Linie 16 sind es nur zwei Stationen zum Hauptbahnhof, schnell aussteigen. Wo fährt die S-Bahn zum Flughafen ab?

Da auf dem Fahrplan steht, auf Gleis 8, sie hat noch 18 Minuten Zeit, na wunderbar, da kann man sich in Ruhe einen Fahrschein ziehen. Das ist ganz einfach, die S-Bahn ist pünktlich und fast leer.

Gegen 11 Uhr steht sie in der großen Abfertigungshalle, die große Anzeigetafel rasselt vor sich hin, ihr Flug wird natürlich noch nicht angezeigt. Der Rucksack wird lästig, er ist ziemlich schwer, nirgendwo kann man sich damit richtig hinsetzen, und viel herumlaufen kann man damit auch nicht.

Also ins Restaurant? Mal sehen, was es da zu essen gibt. Oh, die ewigen Salate mit den Putenbruststreifen, bäh, und dann auch noch für 23 Euro, da drinnen ist es ziemlich ungemütlich und leer, nee, das ist nur Abzocke, das muss nicht sein. Da kauft sie sich lieber für den ersten Hunger im Vorbeigehen zwei Sandwiches und eine große Dose Bier zum Herunterspülen.

Aber wo ist hier ein gemütliches Plätzchen zum Ausruhen? Leider fast nirgendwo, nur überall die herum hetzenden Leute, und dann die nervenden ewigen Lautsprecher-Durchsagen mit den säuselnden Schlafzimmerstimmen,

„Sehr geehrte Damen und Herren, bitte achten Sie auf Ihr Fluggepäck. Wir wünschen Ihnen einen angenehmen Flug. Achtung, Herr Iliovasilopolis, Herr Iliovasilopolis, bitte kommen Sie zum Informationsschalter in Ebene, vier, Sie werden erwartet. Sehr geehrte Damen und Herren, der Flug der Egypt airlines verspätet sich um etwa zwei Stunden. Wir bitten um Ihr Verständnis." Man kann diesen Stimmen einfach nicht entfliehen, sogar auf dem Klo wird man von ihnen verfolgt.

Aber irgendwo muss man sich doch hinsetzen können, das ist doch zu blöd. In der Nachtbar ist auch nichts los, zwei Inder hocken dösend vor einem Whiskyglas an der Theke, und als sie eintritt, sehen sie erwartungsvoll hoch.

Nee, danke, auf indische Anmache hat sie keine Lust. Also nichts wie weg hier.

Aber wohin dann? Irgendwo muss es doch ein Plätzchen zum Schlafen geben.

Da, direkt vor der Scheibe in der Ecke ist noch ein Plätzchen frei, genau neben dem Behindertenklo, also den Rucksack auf den Boden geworfen, den Platz geentert und die Füße bequem auf dem Rucksack hochgelegt.

Erst jetzt merkt sie, wie müde sie eigentlich ist, und schon ist sie eingeschlafen.

Die Zeit vergeht irgendwie und unten in der Abfertigungshalle treffen die ersten Touristen mit ihren riesigen Koffern zum Einchecken ein, endlich kann sie ihren Rucksack am Schalter am Gate 7 abgeben, und drinnen im Wartebereich findet sie gerade noch ein Plätzchen, wo sie noch etwas dösen kann. Die ersten neuen Tageszeitungen liegen auch schon da, da kommt ein Mitarbeiter mit einem Kaffeeautomat, alle springen auf, nun gibt es sogar noch zwei belegte Käsebrötchen zum ersten Frühstück, und dann fällt man andauernd fast über die vielen lang ausgestreckten Beine der Touristen, die noch eine Mütze Schlaf nachholen wollen.

Dann kommt endlich der Aufruf: „Flug AHB 574 nach Kreta, bitte einsteigen, die Fluggäste mit den Nummern 30 – 65 bitte in der Mitte einsteigen, die Fluggäste mit den Nummern 1- 29 bitte danach einsteigen. Wir wünschen Ihnen einen guten Flug und einen wunderschönen Urlaub." säuselt die Lautsprecher –

Schlafzimmerstimme. So, jetzt geht's endlich los. Das Abenteuer kann beginnen.

„Sehr geehrte Damen und Herren, wir begrüßen Sie an Bord zum Flug AHB 574 nach Iraklio. Gerade befinden wir uns über den Alpen, in etwa einer Stunde werden wir auf dem Zielflughafen landen. Die Wetterdaten....." ach, es ist immer dasselbe, was der Kapitän da von sich gibt.

Kaffee oder Frühstück gibt es unterwegs in diesem Billigflieger nicht, das würde ja den Preis in die Höhe treiben. Neben ihr sitzt ein riesiger dicker Grieche, der die ganze Zeit schnarchend auf sie zugefallen kommt. Wenn es ihr zu viel wird, stupst sie ihn an, dann setzt er sich wieder auf, guckt dumm um sich, murmelt irgendein „Evcharisto" und ist schon nach Sekunden wieder eingepennt.

Aber auch das geht vorbei. „Sehr geehrte Damen und Herren, in wenigen Augenblicken wird der Flug AHB 574 auf dem Flughafen von Iraklio landen. Bitte schnallen Sie sich an und setzen Sie Ihre Lehnen senkrecht. Wir bitten Sie, nicht mehr zu rauchen und Ihre Mobiltelefone abzuschalten. Wir wünschen Ihnen einen wunderschönen Urlaub." sagt der Kapitän mit sonorer Stimme.

Zum Glück hat sie einen Fensterplatz, richtig, jetzt geht's runter, von oben sieht die Insel rostrot aus und das Meer ist blau, keine Wolke am Himmel, da ist schon die Landepiste, die Maschine landet butterweich und sie werden trotzdem fest in die Sitze gedrückt. „Die

Landebahn ist etwas kurz, der kann es einfach nicht besser," knurrt der dicke Grieche neben ihr, der gerade unsanft wach geworden ist.

„Sehr geehrte Damen und Herren, bitte bleiben Sie noch so lange sitzen, bis die Maschine an den vorgesehenen Gate angekommen ist."

Aber Touristen sind wie kleine Kinder, alle springen gleichzeitig auf, reißen die Gepäckfächer auf, zerren die Koffer und Taschen heraus, und als die Maschine in eine Kurve geht, poltert ein Koffer heraus und knallt einem Mann an den Kopf, der flucht, denn jetzt hat er eine dicke Beule an der Stirn. Zwei Kinder schreien, sie haben auch etwas abbekommen.

Andrea kennt das schon zu Genüge, sie wird gemütlich als letzte aussteigen, sie beteiligt sich nicht an dem ganzen Durcheinander. Als sie am Transportband ankommt, fährt ihr Rucksack schon im Kreise, es ist fast das letzte Gepäckstück, die anderen Touristen sind schon längst auf und davon. Mein Gott, solche Hektik macht einen ganz nervös, denkt sie und nimmt den Rucksack ruhig auf.

Jetzt muss sie nur noch durch den Zoll, na da bin ich ja gespannt, wer mich abholen kommt, die Reisebüro-Frau hatte es ihr ja versprochen. Draußen schlägt ihr die griechE Hitze entgegen, oha, hier ist es schon heftig warm, obwohl es erst Anfang Juni ist. Die anderen Touristen der Maschine drängeln sich um einen Reisebus, der direkt vorm Eingang steht.

55

Was hatte Frau Berger vom Reisebüro gesagt? Sie wird ganz bestimmt abgeholt werden, von den Frauen der Kooperative, ob das wohl wirklich die richtige Entscheidung war? Fast Individualurlaub, und dann noch ohne zu wissen, in welchem Hotel sie landen wird, und dann noch Familienanschluss? Ach, das ist doch wirklich egal, sie will einfach eine Woche Ruhe haben und Strand.

„Kalos orisate - willkommen, sind Sie Kiria Andrea, wie geht's Ihnen? Hatten Sie einen guten Flug? Ich heiße Kiria Eleni, ich fahre Sie zu unserer Pension Stravros du Nutiou und ich hoffe, dass es Ihnen auch bei uns gefallen wird."

Vor ihr steht eine freundliche ältere Frau mit Jeans und einem riesigen T-Shirt, und auf dem Kopf trägt sie einen uralten Strohhut. „Ich musste ziemlich weit außerhalb parken, wo ist denn Ihr Gepäck?" sagt sie resolut und will Andreas Rucksack schnappen, die aber wehrt ab.

„Vielen Dank, aber der ist wirklich nicht schwer, den kann ich auch alleine tragen."

„Quatsch, Sie sind Gast, kommen Sie nur, Sie haben Urlaub. Der Flughafen ist ziemlich klein und nach ein paar Schritten stehen sie auf einem riesig großen Parkplatz, auf dem nur ganz hinten ein einziges Fahrzeug steht, ein verbeulter uralter Pickup mit undefinierbarer Farbe.

Das muss wohl ihr Fahrzeug sein, na dann, nichts wie rein. „Es ist schon ziemlich ramponiert, aber bei unseren

Straßen ist das kein Wunder, warte mal, die Tür klemmt etwas, Jorgo hat auch die Zeitung auf dem Sitz liegengelassen, der ist so schlampig, der Junge, der ändert sich nicht mehr."

Na, das kann ja was werden, denkt Andrea. Sie ist sonst Fünf Sterne mit allem Luxus gewöhnt, die Unterbringung auf den Messen war mindestens immer Hotel Esplanade und zur Abholung kamen Luxusbusse mit Air-Condition, und nun wird sie mit so einer uralten Rostlaube abgeholt.

Aber diese Frau scheint sehr nett zu sein. Erst jetzt fällt ihr auf, dass sie mit ihr Deutsch gesprochen hat.

„Wieso sprechen Sie so gut Deutsch? Wie kann das sein?"

„Mein Mann 18 Jahre bei Ford in Kölle gearbeitet, dann sind wir wieder nach Hause gegangen, Kriti mou, wer kann dich je vergessen, und ich hatte die Pension von meinen Eltern geerbt und dann hatten wir alles umgebaut, vier Apartments für Touristen, die Terrasse und das Restaurant, da kann man sogar drinnen sitzen, denn hier kann es im Winter ganz schön kalt werden. Bald ist es wieder soweit, Chimonas steht vor der Tür. Sie können ruhig Eleni zu mir sagen, das ist viel einfacher," sagt sie und startet die uralte Karre energisch.

Andrea schnallt sich an und Eleni braust los, es dauert ziemlich lange, bis die Stadt Iraklio endlich hinter ihnen liegt. An der Nordküste liegt ein Urlaubsort am anderen, ein Riesenhotel nach dem anderen.

„Bah, da machen die Prolos Urlaub, guck mal, lauter rosafarbige fette Engländer mit Schwimmringen, all-inclusive, und schon am frühen Morgen sind die schon total besoffen. Wie kann man nur sowas machen, bah ochi.“

„Ne, das wäre auch nichts für mich,“ sagt Andrea lachend, als sie gerade in so einer Urlaubshorde steckengeblieben sind.

„Ich mach mal das Radio an, das stört dich doch nicht, oder? Musik ist gut für die Stimmung, willkommen auf Kreta, hier schlägt das wahre Herz Griechenlands.“ Sagt Eleni stolz und dreht das Radio voll auf, dass Andrea vor Schreck fast aus dem Auto fällt. „Was ist das denn für seltsame Musik?“

„Das ist die neueste Kassette von Jannis Parios, toll nicht? Die kann man nur laut hören, die ist super. Gefällt sie dir?“ sagt Eleni und rast mit fast 100 Sachen über die Schnellstraße, dass die Orangen- und Weinplantagen nur so an ihnen vorbeisausen.

„Ich glaub, daran muss mich erst mal gewöhnen, aber sie ist eigentlich gar nicht so schlecht.“

„Da geht's ab nach Bali, da sind immer besonders viele deutsche Touristen.“

„Bali auf Kreta, das ist lustig. Und die dicken Berge da links, wie heißen die?"

„Das ist das Ida-Gebirge, da kann man sehr schön wandern, da gibt's sogar Schnee im Winter. So, gleich sind wir in Rethymnon, wenn du willst, können wir da eine kleine Pause einlegen und dort einen Kaffee trinken, aber einen echt griechischen Kaffee."

„Warum nicht? Da sind ja Minarette, und was für ein netter kleiner Hafen, und da die riesige Festung, die sollte man sich echt mal ansehen."

„Ja, hier gibt es noch viele alte Bauwerke der Türken, die Festung ist venezianisch, da in einer Seitenstraße gibt es eine kleine Platia, da können wir ein Päuschen machen." Sagt Eleni, bremst abrupt, knallt den Rückwärtsgang ein und parkt geschickt zwischen zwei ebenfalls verbeulten Autos ein.

„Bitte aussteigen. Da ist das Cafeneio Vavrona, normalerweise dürfen Frauen nicht ins Kafeneio, aber sie haben draußen zwei Extra-Tische für Touristen aufgestellt, da können wir uns hinsetzen.

„Wie, die Frauen dürfen nicht in ein Café? Das kann doch wohl nicht wahr sein, oder? Wo leben wir denn hier, im Mittelalter?"

„Ja, ja, wir leben auf Kreta, hast du nicht Alexis Sorbas gesehen? Das ist heute immer noch so, die Machos sitzen den ganzen Tag hinter einem Tässchen Kaffee und quatschen über Politik und Geschäfte. Dann sind wir sie wenigstens tagsüber zu Hause los, dann gehen sie uns auch nicht auf die Nerven. Die meisten Alten treffen sich jeden Tag hier, spielen Tavli und jeder kennt jeden. Wie willst du deinen Kaffee? Süß, oder halbsüß, mit oder ohne Zucker?"

„Wieso, Milch und Zucker kann ich mir doch selbst reintun."

„Ich dachte, du wolltest echten griechischen Kaffee trinken. Na ja, ich bestelle mal zwei Kaffee mittelsüß mit wenig Milch, den trinke ich immer so." Dann steht sie auf und ruft irgendetwas unverständliches in das Kafeneio hinein, und schon nach kurzer Zeit stehen zwei winzig kleine Tässchen und zwei riesige Wassergläser vor ihnen.

Andrea guckt erschrocken, aber Eleni lacht nur. „Vorsichtig, er ist sehr heiß. Am besten, du nimmst zuerst nur ein kleines Schlückchen, und trinkst dann einen großen Schluck Wasser hinterher. Die Kreter sind sehr stolz auf ihr Wasser, es schmeckt nämlich sehr gut."

Der Kaffee schmeckt seltsam und ist sehr heiß, aber stark. Andrea sieht sich verstohlen um, da drinnen sitzen lauter uralte Männer mit riesigen Schnauzbärten, sie tragen schwarze Hemden und um den Kopf ein schwarzes Kopftuch mit Trotteln.

Einige nuscheln sich ziemlich zahnlos etwas zu, zwei andere knallen die Steinchen auf das Tavli-Brett, dass es nur so klappert. Am Tisch neben ihnen sitzen vier Männer und spielen Skat, sie werfen keinen Blick auf die beiden Frauen, so sehr sind sie in ihr Spiel vertieft.

„Schmeckt dir der Kaffee?"

„Etwas gewöhnungsbedürftig ist er schon, aber stark auf jeden Fall und das Wasser schmeckt wirklich sehr gut, vielen Dank. Was kostet der?"

„Tipota. Nichts, du bist mein Gast, Andrea, ich bezahle selbstverständlich, das ist keine Frage. Aber es wird schon ziemlich warm draußen, wir müssen weiter, außerdem habe ich noch eine ganze Menge zu Hause zu tun, so eine Pension macht immer viel Arbeit. Du isst doch heute Abend mit uns? Ich weiß noch nicht genau, was ich kochen werde."

Schnell haben sie Rethymnon hinter sich gelassen und biegen von der Schnellstraße ab, die Straße wird klein, ist aber gut asphaltiert. „Das ist der Ort Spili, hier hat man minoische Schachtgräber gefunden. So, jetzt wird's etwas eng, das ist die Kourtokaliou-Schlucht, abends ist sie ziemlich unheimlich, dann heult der Wind hindurch. So, hier müssen wir abbiegen, jetzt wird es staubig, mach mal das Fenster hoch."

Andrea wird jetzt auf ihrem Sitz hin- und her geschüttelt, Eleni fährt ihr Klapperauto langsam von Schlagloch zu

Schlagloch, und hinter sich ziehen eine gelbe Staubfahne her. „Sieh mal da. Da hatte einer ein Schild aus Pappe gemalt: „Very bad road", das stimmt, aber gleich sind wir da. Sieh mal, diese schöne alte venezianische Steinbrücke über den Fluss."

„Da ist ja noch Wasser im Fluss drin, und so grün ist es hier, wie kann das denn sein?"

„Der Fluss Kourtaliko hat das ganze Jahr über Wasser. Guck mal, da rechts geht's zum Kloster Preveli, das kannst du dir später mal ansehen gehen, das ist sehenswert. Und hier geht's links runter zu unserem Strand und zu unserer Pension. Da sind wir schon, willkommen, guck mal, man wartet schon auf uns. Jorgo, ela tho." Hört Andrea nur noch, dann schlägt sie sich fast den Kopf an der Scheibe, so hart hat Eleni gebremst.

Das Auto bleibt in einer riesigen Staubfahne stehen, und als die sich verzieht, sieht sie eine kleine Pension und eine mit Weinranken bewachsene Terrasse, vor der ein Mann steht und winkt. Sonst ist alles still, der Strand liegt nur ein paar Meter entfernt und das Meer blinkt in der Sonne. „Willkommen im Stavros du Nutiou, ich bin Jorgos. Hattest du einen guten Flug? Wie gefällt dir Kreta?"

„Danke schön, ich bin Andrea," sagt sie und zerrt ihren Rucksack von der Ladefläche, er ist tatsächlich dort liegengeblieben, trotz der vielen Schlaglöcher, aber er ist leicht überstaubt. Es ist so ruhig hier, nur ein paar Zikaden sägen, sie ist hier mitten in der Einsamkeit gelandet, und man hört nur leise das Meer plätschern. „Bin ich denn die einzige Touristin hier?"

„Nein, bei uns wohnen noch Herr und Frau Becker, seit sieben Wochen schon, aber sie reden kaum mit uns, frühstücken schon früh um sieben Uhr, und dann setzen sie sich in ihr Auto und sind den ganzen Tag nicht mehr zu sehen. Bei uns essen und trinken sie gar nichts, noch nicht mal ein Wasser kaufen sie bei uns, diese Geizkragen. Dabei haben wir hier einen schönen Strand, und wir kochen extra, kretische Küche, wenn du willst, ich darf doch du sagen? Das ist viel einfacher für mich."

„Warum eigentlich nicht?" Komisch, man fühlt sich sofort hier wie zu Besuch bei der Familie, so, als würde man die beiden schon ewig kennen.

„Guck dich ruhig erst mal um, es ist wunderschön bei uns, hier kann man sich richtig erholen, man kann sich nicht verlaufen, rechts geht es zum Strand, an der Flussmündung kannst du im Süßwasser baden, dann geht da hinten ein Feldweg zum Kloster Arkadi hinauf, und weiter nach rechts geht der Weg zur Straße hoch zum Kloster Preveli, von da seid ihr gerade hergekommen.

Das ist alles, mehr gibt es hier nicht zu sehen. Aber hier ist die schönste Ecke von Kreta, alles ist sehr sauber und es gibt sehr viel Ruhe, wie lange willst du bei uns bleiben?"

„Eine Woche hatte ich gedacht, nächsten Freitag geht der Flieger wieder zurück. Ich brauche mal richtigen Urlaub mit viel Ruhe, und das hier ist genau das richtige für mich, hier wird es mir bestimmt nicht langweilig werden. Und es ist ganz schön warm hier."

„Ist ja erst Juni, und die Griechen machen jetzt noch keinen Urlaub, sie sind so dumm, denn jetzt ist nämlich die schönste Jahreszeit, aber was soll's? Hast du Hunger, vielleicht möchtest du etwas essen? Was soll ich dir heute Abend kochen?"

„Ich weiß noch nicht, und außer Gyros kenne ich gar kein griechisches Essen. Ich habe Durst, gibt es etwas kaltes zu trinken?"

„Klar, komm auf die Terrasse und ruhe dich erst mal von der Reise aus. Eleni hat gleich dein Zimmer fertig, sie macht das immer in der letzten Sekunde, damit die Gäste wissen, dass alles frisch und sauber nur für sie bezogen ist. Ja, diese Frauen-Kooperative „Dafni" tun viel für ihre Gäste, und die Kooperative kontrolliert auch, ob alle Standards eingehalten werden.

Guck mal, hier ist der Kühlschrank, du bekommst einen eigenen Block, ich schreibe Andrea drauf, und wenn du abfährst, bezahlst du einfach alles zusammen, das ist eben mein Extra-Service. Also, was möchtest du trinken? Cola light, Sprite, Fanta?"

„Ein Bier und die Erdnüßchen da."

„Du trinkst Bier? Schon am Morgen?"

„Warum denn nicht, wenn es schön kalt ist? Ich setzte mich erst mal auf die Terrasse und gucke einfach aufs Meer raus, es ist so schön schattig hier. Aber habt ihr denn keine Angst, dass ich euch zu viel aus dem Kühlschrank nehme und zu wenig aufschreibe?"

„Wie kommst du denn darauf? Da brauche ich keine Angst zu haben, meine Gäste sind immer ehrlich. Und ich bin furchtbar faul und will mich nicht dauernd mit Kleingeld beschäftigen, und außerdem kannst du gar nicht so viel trinken, dass es mir schaden könnte, du bist doch mein Gast, und so ist es doch für uns alle am einfachsten, oder?"

„Ach, das Bier ist ja eiskalt. Am liebsten möchte ich direkt zum Strand gehen."

„Es ist gleich Mittagszeit, willst du dich nicht erst mal ausruhen? Dein Zimmer hast du doch auch noch gar nicht gesehen. Komm, wir gucken mal, ob Eleni endlich fertig geworden ist."

„Danke, ja, danke schön. Oh, was ist das für ein schönes Zimmer, das ist ja wunderbar, ich habe sogar einen eigenen Balkon? Das ist ja eine Superaussicht hier oben im ersten Stock."

„Du bekommst unser bestes Zimmer, das kriegt nicht jeder, aber Eleni mag dich wohl irgendwie von Anfang an. Sieh mal, erst dieses Frühjahr habe ich endlich das neue

Badezimmer fertiggekriegt. Na, Eleni, bist du endlich fertiggeworden?"

„Ja, gleich, ich hole nur noch frische Handtücher, dann ist alles fertig. Willkommen, willkommen. Es ist Mittagszeit, du kannst erst mal deine Sachen auspacken und dich etwas ausruhen und schlafen. Wir essen immer abends."

„Ich bin aber gar nicht müde, und am liebsten würde ich gerne eine Runde schwimmen gehen, das erfrischt am besten, Mann ich freue mich schon so aufs Meer. Den Rucksack räume ich später aus, es ist ja nicht sehr viel. Meine Wertsachen kann ich doch im Zimmer lassen, oder?"

„Wieso denn nicht? Wenn wirklich mal ein Fremder bei uns vorbeikommt, wird der bestimmt nicht in dein Zimmer gehen. Hier auf Kreta sind immer alle Türen offen, hier klaut keiner."

„Schön. Ich ziehe mich um, und dann gehe ich eine Runde schwimmen, das Meer sieht so schön blau aus, ich kann es schon gar nicht mehr abwarten."

„Hier hast du ein großes Handtuch, das gehört zum Service, das kannst du mit an den Strand mitnehmen. Oder willst du vielleicht eine Kühltasche mitnehmen? Was soll ich dir einpacken? In der Küche habe ich noch einen Joghurt und ein paar Weintrauben, und am Abend machen wir uns etwas richtig schönes zum Essen. Aber lauf nicht so weit, es ist viel zu heiß zum spazieren gehen am Strand, leg dich ruhig in den Schatten."

So, schnell den Bikini angezogen, das Strandhemd drüber, das mitgebrachte Buch ist Mist, irgend so ein Scheiß von Agenten, der ist wirklich furchtbar langweilig. Nun hat sie nichts zu lesen dabei. Was nun?

„Habt ihr etwas zu lesen da, ein deutsches Buch?" fragt Andrea, als sie über die Terrasse kommt. Jorgo nickt nur dazu. „Wir haben einen besonderen Service für unsere Gäste, Büchertausch. Du kannst dein gelesenes Buch abgeben und dir dafür ein anderes aussuchen. Komm mal mit, da hat sich richtig schon was angesammelt. Und außerdem hatte ich meine ganze Bibliothek aus Deutschland mitgebracht, es sind sogar richtige Klassiker dabei. Was magst du denn am liebsten lesen?"

„Keine Ahnung, was hast du denn anzubieten?"

„Thomas Mann. Josef und seine Brüder, das sind vier Bände, das liest du am besten mal zuerst, das ist toll. Oder kennst du die etwa schon?"

„Danke schön, vielen Dank. Nee, das habe ich noch nicht gelesen, um was geht es denn da?"

„Die biblische Geschichte, Joseph war der Liebling seiner Mutter Rahel, er war sehr schön und das gefiel seinen Brüdern nicht. Aber lies mal selbst, es ist am Anfang vielleicht ziemlich umständlich geschrieben, aber wenn du

67

einmal richtig angefangen hast, kannst du nicht mehr damit aufhören. Das ist ein richtiger Klassiker. Na, dann viel Spaß, und bleib nicht so lange, die Sonne ist nämlich ziemlich heiß und du kriegst schnell einen Sonnenbrand, besonders am ersten Tag."

So, jetzt nichts wie los an den Strand. Die beiden sind sehr freundlich, hier ist sie wirklich gut aufgehoben, Jorgo hat sogar ihr eine Kühltasche mitgegeben, wie praktisch. So, jetzt will sie alles erst mal vergessen, den ganzen Mist mit Martin, den Job und den ganzen Stress. Jetzt wird sie einfach mal Ruhe haben, keinen Menschen sehen und sprechen müssen, nur Sonne, Strand, Wasser und Lesen. Vielleicht fängt sie sogar an, ein Tagebuch zu schreiben? Sie muss ja nicht sofort heute anfangen, aber warum eigentlich nicht? Das hilft, sich Klarheit über seine Situation zu verschaffen, stand in der letzten Brigitte.

Am schmalen feinkieseligen Strand schwappen kleine Wellen, die Sonne steht hoch am tiefblauen wolkenlosen Himmel und es wird wirklich ganz schön warm, da kann man sich unter den Baum hinten in den Schatten setzen, ach ist das herrlich hier, das Strandhemd hängt im Baum, das Handtuch ist ausgebreitet und die Kühlkiste steht auch schön schattig.

Die Ruhe ist atemberaubend, jetzt aber nichts wie rein ins Wasser. Schwimmen, tauchen, herrlich, einfach traumhaft. Und so sauberes klares Wasser, man kann bis auf den Grund gucken. Oh, da flitzen ja sogar richtige Fische drin, so, nichts wie raus an den Strand.

Oh, was ist das? Da kommt ein wunderbar klarer und kühler Fluss an, den hatte sie ja vorhin schon von der venezianischen Brücke aus gesehen, ein richtiger Fluss mit Wasser, nicht zu fassen. Am Ufer stehen riesige blühende Oleanderbüsche fast vier Meter hoch, ein richtiger Dschungel, in den man hineingehen kann. Wenn man hier im Flüsschen untertaucht, kann man das Salzwasser abwaschen.

So, jetzt aber ab in die Sonne zum Trocknen, dann eincremen. Der Strand flimmert und die Sonnenwärme ist ziemlich stark, es reicht, wenn die Beine in der Sonne, und der Kopf im Schatten ist, ja das ist am besten. Ja, das viel besser so. Jetzt hat sie auch Hunger bekommen, was gibt die Kühlkiste her? Da drinnen steht ein Joghurt, oha der hat 10% Fett, das kann doch wohl nicht wahr sein? Wer kann denn so fetten Joghurt essen?

Als sie den Deckel abreißen will, guckt sie erstaunt. Ganz oben drauf ist ein winziges Löffelchen, den Stiel kann man wie ein Kinderspielzeug aufklappen, im Deckel ist Honig, drinnen schwimmen Walnüsse, oha, das ist eine richtige Kalorienbombe, ach was, es ist Urlaub. Also den Deckelinhalt in den Joghurt, mit dem Löffelchen umgerührt, mhmhmhm, das ist superlecker, Joghurt mit Honig und Walnüssen. Zum Nachtisch gibt es noch ein paar Weintrauben, herrlich.

Wo ist das Buch? Soll sie wirklich so einen dicken Schinken im Urlaub lesen? Irgendwie erinnert sie sich plötzlich an ihre Freundin Yael, die Thomas-Mann-Fan war, und die hatte ihr irgendwann mal gesagt, dass man nur das Judentum verstehen kann, wenn man diese vier Bücher von Thomas Mann gelesen hat.

Na dann, also los: „Vorspiel. Höllenfahrt. Tief ist der Brunnen der Vergangenheit. Sollte man ihn nicht unergründlich nennen?" Hm, was soll man denn davon halten? Will ich das wirklich lesen? Was steht auf der anderen Seite? „Der junge Joseph zum Beispiel, Jakobs Sohn und der lieblichen, zu früh gen Westen gegangenen Rachel."

Ja, das stammt aus dem Alten Testament, das ist nichts Neues, na gut, da fange ich mal an, das ist wirklich ziemlich schwer zu lesen, aber mal sehen, was da passiert. Ach, man kann ja auch etwa dösen, es ist wirklich ziemlich warm geworden und so ein Buch kann man ja auch noch später lesen, das läuft einem nicht weg.

„Huch, was war das? He, wo kommst du denn her? Wer bist du denn?"

Ein
kleines

Hündchen schnuppert vorsichtig an ihrem Zeh, ein braunweiß gefleckter Mischling, und als sie sich aufsetzt, legt er ihr vorsichtig seine rechte Pfote auf ihren Arm.

„Oh, du siehst ja aus, als ob du lachen würdest, na dann komm mal her, du kleiner Bursche."

Der Hund nähert sich vorsichtig der angebotenen Hand und er läßt er sogar streicheln. Sein langes, seidenweiches Fell ist gut gepflegt, ziemlich ungewöhnlich für Hunde im Süden, die sonst nur immer struppig und ziemlich hässlich sind.

Nach dieser ersten Begrüßung streckt er sich genüsslich neben ihr in der Sonne aus, hat den Kopf elegant auf die Vorderpfoten gelegt und ist sofort eingeschlafen. Na, dann werde ich mich auch mal lang machen und eine Runde schlafen.

Plötzlich ertönt ein scharfer Pfiff, das Hündchen hebt den Kopf, beim zweiten Pfiff springt er auf und rennt davon, immer am Strand entlang, und schon ist er zwischen der Maccia verschwunden.

Nanu, hier ist doch noch irgendjemand am Strand, obwohl sie niemanden bemerkt hatte. Ein kleines Kaikis tuckert leise und sticht in See, es ist weißblaurot gestrichen und ist schnell am Horizont verschwunden.

Ach, jetzt kann sie nicht mehr über alles nachdenken, nur noch schlafen. Ihre Beine sind schon ganz rot geworden, also will sie sich lieber ganz in den Schatten legen, sonst gibt es nur einen blöden Sonnenbrand, der einem den ganzen restlichen Urlaub vermiesen kann.

Plötzlich ist das Hündchen wieder da und stupst sie in die Seite, er will wohl mit ihr spielen. inzwischen ist es sehr heiß geworden, ob das Hündchen wohl mit ins Wasser schwimmen geht? „Komm, Kleiner, komm mit ins Wasser".

Der Sand glüht inzwischen, und Andreas Plastiklatschen landen am Wellensaum, nichts wie rein ins schöne kühle Wasser und einfach losschwimmen. „Na komm schon, Kleiner, komm rein."

Nein, er will nicht, der scheint wohl wasserscheu zu sein, aber er setzt sich und streckt seine Nase schnuppernd zu ihr hin, der ist ja einfach zu süß.

Da kam doch glatt eine Welle wie aus dem Nichts, dabei geht doch gar kein Wind. He, hallo, guck mal, Kleiner, mein Latschen schwimmt weg, hee, hee, hee, mach doch was!

Die Reaktion des Hündchens ist nicht zu fassen, er hat das Problem sofort verstanden, ganz vorsichtig geht er mit einem Füßchen ins Wasser und zieht den fortschwimmenden Schlappen heraus, packt ihn und trägt ihn zu ihrem Handtuch hin, dann kommt er zurückgelaufen und schnappt sich den zweiten Schlappen und legt ihn gerade neben den anderen auf das Handtuch.

Dann kommt er zurück, bleibt am Wellensaum sitzen und schaut interessiert aufs Meer hinaus, und er wartet scheinbar, dass sie wieder aus dem Wasser herauskommt.

„Hee, du bist aber ein superschlaues Kerlchen, wo hast du das denn gelernt? So was habe ich ja noch nie gesehen? Danke schön." Dieses Kompliment scheint ganz normal für ihn zu sein. Dann läuft er vor ihr her und legt er sich wie selbstverständlich mitten auf ihr Handtuch.

„Na, du Kleiner, mach mal ein bisschen Platz, ich will mich auch noch irgendwo hinlegen." Aber er weicht keinen Millimeter vom Handtuch und guckt sie träge aus halbgeschlossenen Augen an.

„Na, du bist mir aber ein Schlawiner, willst du jetzt zum Dank deine Streicheleinheiten? Ich muss mich doch erst mal abtrocknen, dann kann ich dich auch kraulen." Der Hund blinzelt ihr zu, dabei scheint er irgendwie zu lachen, das ist wirklich ein süßes Kerlchen.

Sanft schiebt sie ihn zur Seite, er knurrt etwas und als sie sich wohlig auf dem Handtuch ausstreckt, kommt er herangerobbt. „Ja, jetzt streichele ich dich auch am Rücken, du bist aber ein witziges Tier." Die Sonne neigt sich schon bedenklich, wie schön, dass hier die Sonne im Meer untergeht, das ist schön, wunderschön.

„Na, mein Hündchen, wenn du jetzt noch sprechen könntest, dann würdest du mir bestimmt eine Menge zu erzählen haben. Wie heißt du und wo kommst du her, und du gehörst doch bestimmt jemandem." Bei diesen Worten dreht er sich zur Seite, gerade so, als ob er jetzt eine Runde am Bäuchlein gekrault werden möchte.

Aber plötzlich kommt wieder von irgendwoher ein scharfer Pfiff, ein zweiter, das Hündchen hebt den Kopf, springt auf und ist sofort wieder verschwunden.

Da werde ich gleich mal bei Eleni fragen, wem der wohl gehören mag. Oh Mann, jetzt habe ich langsam wirklich Hunger. Aber zuerst noch mal in den Fluss, das Salzwasser abspülen, huch ist das kalt. Die Haare kann man sich ja später noch waschen. Nichts wie raus hier, anziehen und zurück, hoffentlich haben die auch wirklich was gutes gekocht, so einen Bärenhunger hat sie schon lange nicht mehr gehabt.

Als sie an der Terrasse ankommt, steht Jorgo schon da und wartet auf sie. „Na, wie war dein erster Tag, du warst aber ziemlich lange weg gewesen, ich wollte schon nachgucken kommen. Hast du gar keinen Hunger? Aber bring erst mal ruhig deine nassen Sachen weg, du kannst sie oben auf dem Balkon aufhängen. Heute gibt es Gemista, Eleni ist gerade damit fertig geworden."

„Gemista, was ist das? Das habe ich ja noch nie gehört."

„Gefüllte Paprikaschoten und Tomaten, dazu gibt es Greek Salat, du wirst schon sehen, wie lecker es ist. Das ist mein absolutes Lieblingsessen, das könnte ich jeden Tag essen."

„Ich bin direkt wieder da, bis gleich." Schnell hängt sie die nassen Sachen auf die kleine Wäscheleine auf den Balkon und überlegt, was sie anziehen soll.

Die Beine sind ziemlich verbrannt und feuerrot, schnell duschen und eincremen. Gesagt getan. Aber die Jeans sind viel zu eng und scheuern, also nimmt sie eine weite Bluse und einen kurzen Rock, das wird gehen, ich will doch nicht zum Käptensdinner.

„So, da bin ich wieder. Ich habe Sonnenbrand auf den Beinen, und ich habe das Gefühl, ich habe mir die falschen Sachen eingepackt, alles ist viel zu eng bei dieser Hitze."

„Komm, setz dich erst mal auf die Terrasse und trink etwas, willst du vielleicht ein kaltes Bier? Hattest du Amstel oder Heineken?"

„Die kenne ich beide nicht, das ist mir egal, Hauptsache kalt. Vielen Dank, Jorgo."

Von der Terrasse aus kann man den kleinen Strand übersehen, wo gerade die Sonne wie ein riesig großer Feuerball im Meer versinkt, eine wunderschöne Aussicht, hier kann man es wirklich aushalten. Eine kühle Brise weht vom Meer, Andrea fröstelt sofort.

„Na, war es schön am Strand? Hast du auch im Fluss gebadet?" fragt Eleni, die gerade mit drei Tellerchen herauskommt. Hier sind ein paar kleine Mesedes. Was möchtest du dazu trinken? Raki?"

„Jorgo hat mir schon ein Bier gebracht. Das sieht aber sehr lecker aus, was ist das?"

„Nur ein paar Kleinigkeiten, Vorspeisen, frittierte Zuccini, Zaziki, Oliven und dazu mußt du unbedingt einen Raki probieren, den hat Jorgos Bruder nämlich selbst gebrannt. Komm, kalo orexi. Und nimm ein bisschen Brot dazu."

„Puh, das ist aber ein Teufelszeug, wieviel Prozent hat das?"

„Och, so um die 70%. Komm, greif zu."

„Wahnsinn, der brennt bestimmt gut, aber man kriegt richtigen Appetit davon."

„Hattest du einen schönen erstenTag?"

„Ja, es ist traumhaft hier bei euch. Und niemand war am Strand, ich war ganz allein, es ist nicht zu fassen. Woanders wären tausende Leute an so einem Strand und alles wäre mit Hochhäusern zugebaut, aber hier ist es wie im Paradies.

Ich hatte nur Besuch von einem süßen Hündchen, so ein kleiner braunweißer Pekinesen-Spitz, wem gehört der denn? Irgendwem muss der bestimmt gehören, der war so gut gepflegt, und jemand hat gepfiffen, da war er sofort verschwunden."

„Ach, du meinst Kalojanni? Ja, das ist ein cleverer kleiner Bursche, früher kam der öfter zu uns gelaufen, aber in der letzte Zeit nicht mehr, ich weiß auch nicht, warum."

„Wem gehört er denn?"

„Ach, das ist gar nicht so wichtig, der gehört zum Trelos."

„Trelos, was für ein komischer Name?"

„Das ist doch gar kein Name, das heißt einfach „der Verrückte", bei uns heißt der so, der „verrückte Marco", der wohnt da oben am Berg in einem großen Steinhaus."

„Hier rennt ein Verrückter rum? Ist das nicht gefährlich?"

„Nein, du brauchst keine Angst vor ihm zu haben, der ist nicht richtig verrückt, aber er redet einfach nicht mit uns, er spricht überhaupt mit niemandem mehr.

Ah, da kommt schon Jorgo mit dem Gemista, warte, den Salat und das Brot hole ich, was willst du zum Essen trinken? Ich habe einen schönen eisgekühlten Rose Wein, aus meinem eigenen Weinberg aber vorher trinkst du mal ein großes Glas Wasser, wir haben nämlich besonders gutes Quellwasser, von oben vom Kloster holen wir es immer."

77

„Danke schön, ich werde hier verwöhnt, das ist einfach toll. Oh, so gutes Wasser habe ich noch nie getrunken, so herrlich kalt, super.“

„Gemista ist mein absolutes Lieblingsessen und niemand kriegt die so gut hin wie Eleni.“

„Was ist da alles drin?“

„Ich habe verschiedene Füllungen gemacht, probiere mal diese Paprikaschoten mit Reis und Rosinen, absolut vegetarisch, man kann eine Menge davon essen. Und vom Salat hast du ja auch noch gar nichts genommen, greif nur zu.“

„Danke, ich kann schon nicht mehr, aber ich will noch diese gefüllte Tomate probieren, die lacht mich richtig an. Und der Salat schwimmt ja im Öl, ich mag eigentlich gar kein Olivenöl, davon kriegt man nämlich Durchfall.“

„Papperlapapp, so ein Blödsinn, Durchfall, das kommt nur von eiskaltem Trinken und eiskalten Melonen, aber nicht vom armen Olivenöl, das ist ein großer Irrtum.

Was meinst du, warum die Menschen hier so alt werden und so gesund sind? Weil die sich fast nur von Olivenöl ernähren. Sogar schon Babys kriegen Weißbrot in Olivenöl getaucht, das macht denen gar nichts aus, gar nichts.

Aber die Touristen, immer jammern sie zuerst, ihihih, soviel Öl, und am Schluss machen sie es wie wir und tunken mit Weißbrot die Ölreste auf. Probiere es doch mal mit Brot, damit kann man das Olivenöl gut auf tunken, das ist reines Gold."

„Und außerdem ist Olivenöl toll für die Haut, wenn du mal Sonnenbrand hast, oder auch sonst bei Wunden und so. Schon in der Antike hatten sich die Sportler mit Öl eingerieben, und die Ringer flutschten nur so von Öl. Und der Ölbaum ist uns heilig, er ernährt uns alle seit tausenden von Jahren." sagte mein Vater immer.

„Trau dich, nimm dir nur, nimm, es soll nichts übrigbleiben. Dir passiert wirklich nichts und dick wirst du auch nicht davon bei deiner Figur, komm, noch ein Gläschen Rose Wein zum Abschluss, und am Schluss gibt es noch einen Kaffee zur Verdauung."

„Ihr verwöhnt mich so, danke, vielen Dank. Seltsam, aber dieses Hündchen geht mir einfach nicht mehr aus dem Kopf. Der hat mir sogar auf Zuruf meinen Schlappen aus dem Wasser geholt, als die abschwimmen wollten."

„Ja, Kalojanni ist ein cleveres Kerlchen, dieser Trelos hat ihn gut abgerichtet."

„Wieso heißt der eigentlich Trelos? Wie verrückt ist der wirklich, vielleicht muss ich doch Angst vor ihm haben? Gesehen habe ich ihn nicht, er hat nur gepfiffen und ist dann mit einem Boot rausgefahren."

„Richtig verrückt ist der nicht, er redet mit keinem mehr und geht uns allen aus dem Weg, da können wir nichts machen, er will einfach nichts mehr mit den Menschen zu tun haben."

„Aber wieso denn? Das muss doch einen Grund haben. Hat ihm denn einer was getan?"

„Letztes Jahr hatte er seine junge Frau und sein Kind verloren, und seitdem ist er so, früher war er ganz anders gewesen."

„Oh, das ist aber traurig. War das ein Unfall? Was ist denn da passiert?"

„Das wissen wir auch nicht ganz genau, sie ist alleine mit dem Kaiki rausgefahren, obwohl er es ihr verboten hatte, eine Frau soll nicht allein mit einem Kleinkind im Kaiki rumfahren, warum war die auch bloß so eigensinnig gewesen?

Als sie dann nicht mehr wiederkamen, sind wir alle losgefahren und haben sie gesucht, Marco hat sie in der Nachbarbucht gefunden, das Kind muss wohl rausgefallen sein und sich dann wohl in den Netzen verfangen haben.

Eva konnte nicht gut schwimmen und ist wohl hinterher gesprungen, aber sie konnte das Kind nicht rausholen, und so sind die beiden zusammen ertrunken, in die Netze verwickelt, wie das genau passiert war, konnte hinterher keiner richtig sagen.

Bei der Beerdigung hatte er wie ein Kind geweint, und dann hatte er immer wieder mit der Stirn auf den Boden geschlagen, so, als ob er sich umbringen wollte, so lange, bis seine Stirn voller Blut war. Niemand konnte ihn seitdem trösten, und sogar noch nach einem Jahr darf keiner ihren Namen nennen, ohne dass er einem gleich an den Hals springt.

Jeden Tag geht er an ihr Grab auf dem Friedhof da hinten, er treibt einen richtigen Totenkult, sogar in seinem Haus hat er ein großes Foto von ihnen aufgestellt und davor hat er zwei ewig brennende Grablichter und viele kleine Ikonen aufgestellt. Marco ist seitdem verrückt und spricht mit niemandem mehr auch nur ein einziges Wort.

„Dann muss er sie aber sehr geliebt haben."

„Ja, aber wir begreifen es trotzdem nicht, irgendwann mal muss er doch wieder normal werden, aber er hat sich so in seinen Kummer vergraben, dass er sogar unsere Touristen mit Steinen bewirft und sie verscheucht, wenn sie zu nah an seinem Haus vorbei gehen. Das geht ja nun wirklich zu weit, oder?"

„Gut, dass ich das weiß, dann werde ich eben nicht da hingehen. Aber das Hündchen ist doch so niedlich, der ließ sich nicht vertreiben, der war die ganze Zeit bei mir geblieben und lag sogar auf meinem Handtuch."

„Dieser kleine Kalojanni weiß eben immer, wo es ihm gut geht." Lacht Jorgo und Eleni guckt ihn strafend an.

„Man darf doch wohl einen kleinen Witz machen, oder bist du empfindlich, Andrea? Warum soll er sich nicht bei einer schönen Frau wohlfühlen?"

„Jorgo macht Komplimente, jetzt reicht es aber," sagt Eleni und droht ihm mit dem Finger, darüber müssen sie nun alle lachen, und der Wein tut langsam seine Wirkung.

„Wie alt kann er denn sein?"

„Wer, Jorgos, der Trelos oder Kalojanni?" lacht Eleni.

„Ich meinte doch das Hündchen," prustet Andrea los.

„Dieses kleine Hündchen kann ungefähr vier Jahre alt sein. Es hatte seinem Töchterchen gehört, und außer Kalojanni läßt er niemanden an sich ran.

Wir hatten seitdem alles versucht, und ihn schon so oft zu unseren Festen eingeladen, nein, er will absolut nicht und er redet auch nicht mit uns, kein einziges Wort, er dreht sich einfach um und geht, wenn man ihn anspricht. Kannst du das verstehen, ein erwachsener Mann mit so einem Verhalten? Das ist doch trelos, komplett trelos."

„Ja, das ist wohl wahr. Aber das Hündchen folgt ihm aufs Wort, er hat nur gepfiffen, dann sauste er schon los und war verschwunden."

82

„Wir haben ihn Kalojanni, den schönen Johannis getauft, der macht sogar richtige Kunststückchen, und man hat immer das Gefühl, wenn der einen anguckt, dann spricht und lacht er gleich mit einem, so ein lustiges Tierchen.

In der letzten Zeit durfte er wohl nicht mehr zu uns in die Taverne kommen, denn die Gäste hatten ihm eines Tages Hühnerknochen gegeben, sie wussten es nicht besser, und daran wäre er wahrscheinlich fast erstickt, wenn Marco ihn nicht in letzter Sekunde gefunden und ihm geholfen hätte. Schmeckts dir, Mädel? Lang zu, möchtest du noch ein bisschen Wein?"

„Danke schön, es ist wirklich super, aber ich kann nicht mehr, ich bin satt."

„So, und dann noch ein Kafedaiki zum Schluss."

„So ein griechischer Kaffee wie heute Mittag? Mitten in der Nacht? Aber dann kann man doch gar nicht schlafen?"

„Nach dem Essen trinken wir oft noch einen kleinen Kaffee. Man muss ja nicht direkt schlafen gehen, schau mal, der Mond ist gerade aufgegangen und die Sterne, es ist so eine schöne warme Nacht, da kann man doch nicht gleich nach dem Essen schlafen gehen?"

„Danke für alles, aber statt Kaffee hätte ich lieber noch ein Glas Wein, der schmeckt so gut, dass ich noch einen ganzen Krug davon trinken könnte."

„Na, dann prost, das Fass ist noch fast voll und der Rose-Wein ist ja auch ganz leicht, ich trinke auch noch ein Schlückchen mit.

Ich könnte deine Mutter sein und ich bin furchtbar neugierig. Andrea, warum reist so eine nette Frau wie du allein herum? Hast du keinen Mann und keine Kinder? Wie kann das möglich sein? Erzähl uns doch mal, woher du kommst, was für eine Familie du hast, und wie du als Kind aufgewachsen bist."

„Soll ich dir das wirklich erzählen? Ist dir das auch nicht zu langweilig?"

„Nein, nein, ich mag dich sehr gern und du bist so ein freundlicher Mensch, Andrea. Wieso bist du allein gekommen und wo ist dein Mann?"

„Das ist schnell erzählt. Ich war bis vorgestern 11 Jahre verheiratet, mein Mann ist Professor für Archäologie in Köln und vor zwei Tagen hat er mir gesagt, dass er jetzt eine 20-jährige liebt, die ein Kind von ihm bekommt. Das Kind braucht einen Vater, und so muss er sie nun heiraten, sagt er und ich soll mich damit abfinden."

„Oh, diese Männer, es ist immer dasselbe, immer wieder....Und wie soll es jetzt weitergehen? Hast du ihr wenigstens die Augen ausgekratzt?"

„Angeblich liebt er mich ja immer noch wie früher, aber sowas kann ich nicht akzeptieren, ich will nicht mit der neuen Frau in einer WG-Situation leben, aus dem Alter bin ich lange raus. Da musste er einfach ausziehen, nun lebt er mit so einer kleinen Studenten-Blondie zusammen, einer Försterstocher aus der Lüneburger Heide. Die muss er nun heiraten, und eia popeia, Babys wiegen, ich bin so wütend auf den, so sauer, ich musste ihn einfach vorgestern rausschmeißen."

„Das kann ich gut verstehen, dass du wütend bist, so etwas würde ich auch niemals akzeptieren. Dieser Mann hat richtige Prügel verdient, wie kann er eine so schöne Frau einfach betrügen und ihr so etwas antun. Aber wieso habt ihr denn keine Kinder?"

„Er wollte damals keine Kinder, seine Karriere war ihm immer wichtiger gewesen. Und ich habe einen sehr guten Job, und konnte mich nicht durchsetzen, jedes Mal, wenn ich davon anfing, reagierte er allergisch, er wollte einfach nichts davon wissen.

Und nun das, ich begreife es einfach nicht. Auf einmal will er jetzt den Papi spielen und Friede, Freude, Eiapopeia, Mann, ich bin so sauer auf den Typ."

„Vielleicht hättest du ihn einfach vor vollendete Tatsachen stellen sollen. Alle Männer wollen zuerst keine Kinder, aber wenn sie dann da sind, werden sie sehr von ihren Vätern verwöhnt.

Hier auf Kreta ist es ganz anders, alle Kinder werden abgöttisch geliebt und furchtbar verzogen, besonders die Knaben. Die ganze Familie kümmert sich dann liebevoll um die kleinen Despoten, die können machen, was sie wollen.“

„Und dann? Dann wäre er vielleicht damals schon auf und davon und ich würde dann mit einem Kindlein im Arm da sitzen und von seinem Konto und seiner Gutwilligkeit abhängig sein. Nee, das wollte ich auch nicht riskieren.

Und wir lebten auch sehr gut zusammen und haben uns auch immer gut verstanden, 11 Jahre sind auch eine lange Zeit. Wie kann man nur mit 48 Jahren plötzlich so verrückt werden? Da kommt so ein Blondie, ein kleines junges Blondie hat ihm den Kopf verdreht und alles ist kaputt, einfach so, ich kann es einfach nicht glauben.“

„Ja, die Männer, manchmal sind sie unerträglich, und verrückt, aber wer kann schon in so einen Schädel hineingucken?“

„Ich weiß jetzt nicht, was ich tun soll und wie mein Leben weitergehen soll. Da habe einfach erst mal eine Woche Urlaub genommen und bin abgehauen, es war mir ganz egal, was auf der Arbeit los ist oder nicht. Da merken die erst mal, wie es ist, wenn ich nicht da bin.“

„Wo arbeitest du und was machst du so? Hast du wenigstens einen guten Job?“

„Ja, ich arbeite in der Werbeabteilung des Chemiewerks N., ich betreue die Apotheken draußen über ihre Werbemöglichkeiten an der Fassade. Ich habe in der Firma schon als Lehrling gearbeitet und habe mir eine tolle Position erarbeitet, die man doch nicht so einfach aufgeben kann. Ich bin selbstständig und von meinem Gehalt kann ich auch ohne ihn leben. Basta.

Und mit diesem Urlaub habe ich den Anfang gemacht, ich will ein neues Leben anfangen, ohne ihn, ohne ihn, diesen blöden Idioten. Wenn er will, kann er die Scheidung einreichen, mir ist es total egal.“

„Nun wein mal nicht gleich, wir werden dich schon hochpäppeln, du gehörst jetzt einfach zur Familie. Du hast das schöne Klima und das Meer, ruh dich erst mal richtig aus, und dann wird sich später alles von selbst ergeben. Morgen ist schon ein anderer Tag.“

„Gute Nacht, ich bin jetzt wirklich so müde, dass ich kaum noch stehen kann.“

„Na, dann ab in die Falle, morgen ist auch noch ein Tag. Kalinichta, Andrea, Kalinichta, schlaf gut und träum was Schönes, du weißt ja, das wird bestimmt in Erfüllung gehen.“

„Gute Nacht, ihr seid wirklich lieb zu mir.“

„Wir sind jetzt deine neue Familie, komm gib mir noch einen Kuss, dann gehst du brav ins Bett.“

Gute Morgen Andrea, ich hoffe, du hast gut geschlafen, komm runter, ich habe dir schon ein richtiges deutsches Frühstück gemacht, auf der Terrasse kannst du dich in den Schatten setzen, ich leiste dir Gesellschaft, Jorgo ist gerade zum Einkaufen gefahren, da haben wir ein bisschen Ruhe."

„Guten Morgen, ich habe sehr gut geschlafen, wie ein Stein, ich bin nicht ein einziges Mal wachgeworden."

„Ja, die Ruhe hier ist einmalig, das stimmt. Und noch nicht mal die Hähne hast du gehört? Die haben schon seit drei Uhr nachts gekräht."

„Hm, das ist super hier und die Terrasse hat so schöne Blumen, wie heißen die, die kenne ich gar nicht."

„Bougainvillea, aber sie machen auch viel Dreck, ich muss jeden Morgen die Terrasse kehren, denn die Blütenblätter fallen sehr schnell ab und machen überall rote Flecken."

„Oh, dieser klare Luft, der blaue Himmel, ich bin ja so froh, dass ich hier bei euch gelandet bin. Und ich habe Hunger wie ein Bär."

„Na siehst du, wenn du einmal richtig ausgeschlafen hast, sieht das Leben schon ganz anders aus. Dein Handy klingelt aber komisch."

„Ach so, ich wollte es doch eigentlich gar nicht mitnehmen. Ah ja, typisch, das ist Martin, mein Mann, er ruft vom Uni Büro aus an, aber ich gehe nicht dran und ich schalte es jetzt einfach ab. Was für eine blöde Angelegenheit, es immer und überall mitzuschleppen. So, ausschalten, auch die Mailbox, ich bin nicht da, ich bin einfach im Urlaub, so, das wärs. Der kann mich mal…"

„Richtig so, wozu sollst du dich auch ärgern. So, und jetzt überlegen wir erst mal, was ich dir heute Abend kochen soll, magst du geschmortes Hühnchen im Backofen? Mit Zuccini, Tomaten und Auberginen?"

„Oh ja, das klingt gut, soll ich dir vielleicht beim Kochen helfen?"

„Nee, du hast doch Urlaub, ich koche für uns alle zusammen. Und das macht nicht viel Arbeit, ich brauche es nur in ein Tapsi zu legen, und dann ab in den Backofen, da kocht es ganz allein.

Aber hast du vielleicht Lust, gleich mit in den Garten zu kommen? Ich habe oben am Hang einen kleinen Garten, viel ist nicht mehr da. Du kannst aber auch schwimmen gehen, wenn du das lieber willst.

Schau mal, wer dich da abholen kommt. Chairetai, Kalojanni, Chairetai." Wie selbstverständlich kommt das Hündchen auf die Terrasse gelaufen, setzt sich auf die Hinterbeine und guckt Andrea erwartungsvoll an, er scheint sie dabei an zu lachen.

„Na komm mal her, du kleiner Bursche, sieh mal, der will von mir gestreichelt werden. Oh, der gibt mir sogar seine Pfote, und sein Fell ist so weich und schön. Du heißt Kalojanni? Was für ein süßes Kerlchen, jetzt will der sogar am Bauch gekrault werden, Junge, das geht aber zu weit, jetzt ist aber Schluss, he, beiß mich nicht und laß meine Hand los, hörst du?“

„Wenn der will, hört er aufs Wort, er muss nur wollen. Nun komm, tragen wir schnell das Geschirr rein, noch ist es nicht so warm, dann können wir etwas laufen und du kannst dir die Gegend ansehen, es ist nämlich sehr schön hier bei uns, nicht nur am Strand.“

„Du musst noch abschließen, die Terassentür ist noch offen.“

„Wieso, die ist immer offen, hier klaut niemand was, komm nur, wir können direkt losgehen. Na, Kalojanni, willst du mit? Pame to Kypos, endaxi?“

„Was hast du zu ihm gesagt?“

„Wir gehen in den Garten, o.k.? Der kennt den Weg zum Garten ganz genau.“ Und richtig, er läuft gemütlich einige Meter vor ihnen her, ab und zu guckt er sich abwartend um und zuckelt weiter, immer vor ihnen her.

„Sieh mal, hier ist der Abzweig, links geht es zum Kloster mit der Kirche, hier rechts über die Brücke den Weg am

Fluss entlang, dann wieder nach links, und oben am Hang liegt der Garten."

„Oh, der Oleander ist ja hier mindestens vier Meter hoch, und das hohe Schilf, man fühlt sich ja wie im Dschungel hier."

„Ja, weil der Fluss das ganze Jahr Wasser hat. So, hier geht's hoch, gleich sind wir da."

„Oh, was sind denn das für seltsame Pflanzen? Wieso wachsen die hier mitten auf dem Weg? Dicke Zwiebeln, aus denen weiße Glockenblumen wachsen, sowas habe ich noch nie gesehen. Und da hinten wachsen noch viel mehr."

„Das sind Asphodelen, die blühen nur im September, sie sind Persephone geweiht. Warte mal, wie war das noch mal gewesen? Ach so, ja, irgendwo jenseits des Okeanos ist das Land der Kimmerer, die niemals die Sonne sehen. Dort ist das Tor der untergehenden Sonne und das Land der Träume, dort am weißen Felsen treffen sich zwei große Flüsse, der Okeanos und der Hades, das Tor zur Unterwelt, das kennst du doch, oder?"

„Klar, der Hades ist das Tor zur Unterwelt. Das habe ich irgendwann mal in der Schule gelernt."

„So, und diese Unterwelt war dreigeteilt. Zwischen dem Elysium, der Insel der Seligen und dem Tartaros, der Hölle, fand sich der Asphodeliengrund, es sind also mythische Blumen. Und hier hausen die meisten Toten als flüchtige Schatten, sie haben eine körperlose Atemseele. Irgendwann wird dann entschieden, ob sie in den Himmel oder in die Hölle kommen werden."

„Das ist aber sehr interessant, hier auf diesen Asphodelen leben also die Seelen der Toten? Irgendwie gruselig, dabei sehen sie doch so schön aus, so leicht, schau mal, da hinten gibt ist eine ganze Wiese davon."

„Geh nicht dahin, ich glaube zwar nicht an so altes Zeug, aber ein bisschen unheimlich sind sie mir doch, wenn es so viele auf einmal sind. Guck mal, sogar Kalojanni macht einen Bogen drum herum, also irgendwas ist da schon dran, dass da die toten Seelen hausen, und die Tiere spüren so etwas ganz genau."

„Tatsächlich, er bleibt daneben stehen und guckt uns an, ja, jetzt geht er weiter und macht wirklich einen Bogen drum herum."

„Und jetzt weiß ich wieder, wo ich das gelesen habe. Das war bei Pindar, ja, das mussten wir sogar in der Schule auswendig lernen. Auf Altgriechisch, übersetzt auf Deutsch muss das ungefähr so heißen:

„Dort umwehen die Insel der Seligen Lüfte des Okeanos und goldene Blüten flammen da. Hier winden sie Girlanden um ihre Hände und flechten sich Kränze. Dort liegen vor ihrer Stadt Wiesen mit purpurnen Rosen, beschattet vom Weihrauchbaum und schwer beladen mit goldenen Früchten. Einige freuen sich an Rossen und am Ringkampf, andere am Brettspiel, wieder andere an der Leier, und jeder Art von Glück."

„Eine seltsame Vorstellung vom Paradies."

„Ja, und sieh mal, und das hier ist mein kleines Paradies, mein kleiner Garten. Hier wachsen Zuccini, Melonen, da hinten sind noch ein paar Tomatensträucher, die werden wir gleich abernten, da ist nicht mehr viel dran. Ach ja, einen Kohlkopf können wir auch noch mitnehmen, davon mache ich heute Abend Krautsalat. Der Salat da hinten ist schon durchgeschossen, den kann man nicht mehr ernten, der ist für die Vögel, da sind noch ein paar Bohnen, die können wir auch noch abpflücken.

Und jetzt komm mal mit da rüber, das ist das Beste an meinem Garten, Jorgo hat mir einen kleinen Pavillon gebaut, der ist total zu gerankt, Prunkwinden, Passionsblumen, schön schattig, und hier, auf dieser Bank, hier sitze ich immer, wenn es mir im Sommer da unten zu heiß ist, hier oben kann man ein wunderbares Mittagsschläfchen halten, da stört einen niemand, da kommt bestimmt keiner her.

Komm, setz dich mal her, Kalojanni, rück ein Stück, du nimmst dir immer den besten Platz mittendrin, du verwöhnter kleiner Racker. Fige, ab mit dir, runter. Was, du willst nicht? Dann trage ich dich eben runter."

„Oh, das ist wirklich toll hier, ein leichter Wind geht sogar, und schön schattig ist es auch.“

„Und guck dir mal die Aussicht an, von hier kann man sogar das Meer sehen, da hinten das Kloster, kennst du die Geschichte des Klosters Preveli? Erinnre mich mal dran, dass ich dir Literatur gebe, die Mönche leisteten immer Widerstand, mal unter den Türken und dann im zweiten Weltkrieg, am 20. Mai 1941 landeten auf Kreta fast 30.000 Fallschirmjäger und für viele war das ihr letzter Tag, in Maleme liegen sie alle auf dem Heldenfriedhof, für manche war das ihr erster Einsatz.

Ich muss immer an ihre Mütter denken, deren Söhne nie mehr wiederkamen. Denk dir mal, dafür hat man ein Kind geboren, Windeln gewickelt, es großgezogen, bloß, um es dann mit 20, 21 Jahren totschießen zu lassen.

Egal, welche Nation es getroffen hat, Krieg ist immer abscheulich, und es kommt immer nur der Dreck nach oben, als die deutschen im Juni 1945 abzogen, waren fast 3.500 Kreter tot, die meisten wurden als Partisanen einfach umgebracht. Alle Männer und Jungen haben sie erschossen, die Frauen in Kirchen und Schulen zusammengetrieben, und sie dann einfach angesteckt. Fast jede kretische Familie hat noch Erinnerungen an solche Familienangehörigen, und sie werden wohl niemals vergessen werden.“

„Oh, das habe ich nicht gewusst, aber ich bin doch auch eine Deutsche, dann müsstet ihr mich doch dafür hassen, oder etwa nicht?"

„Ach, Andrea, das ist schon so lange her, du kannst doch nichts dafür und man muss auch mal verzeihen können. In einigen Dörfern Kretas gibt es aber immer noch ein paar alte Frauen, die zusammenzucken, wenn sie Deutsch hören, aber viele sind es nicht mehr. Die meisten Kreter haben so viele Jahre in Deutschland verbracht, und wir hatten bis jetzt so viele nette deutsche Touristen, da vergisst man die alten Zeiten einfach."

„Mann, hier ist es aber wirklich schön, hier kann man es richtig aushalten. Und wo geht es da hinten hin?"

„Da oben gibt es noch dreißig Olivenbäume und ein großes Weinfeld, auf dem Jorgo unseren Rose-Wein anbaut, du hast ihn ja gestern ausprobiert, willst du die mal angucken gehen? Damit hat er noch viel zu tun, die Trauben müssen bald geerntet werden, bald sind sie so weit.

Ich frage nachher Jorgo, wann es damit losgehen soll, da kommt unsere ganze Familie zum Helfen. Das macht viel Spaß und wir machen uns ein richtiges Fest draus, dann grillen wir hier oben und schlafen hier auch."

„Sieh mal, was der Kalojanni macht. Er hat irgendwas gehört." Ein scharfer Pfiff ertönt ganz in ihrer Nähe, eifrig springt er von der Bank, flitzt den Weg hinunter und ist verschwunden. „Weg ist er."

„Ja, wenn der Trelos pfeift, hört er sofort. Was will der Trelos denn hier oben bei uns, der hat hier doch gar nichts zu suchen. Sein Haus liegt genau auf der anderen Seite des Klosters."

„Vielleicht hat er Kalojanni gesucht, oder ist einfach spazieren gegangen."

„Ach, das ist doch vollkommen egal, komm, Andrea, hier ist mein Korb, du nimmst die restlichen Tomaten vom Strauch, die Pflanzen kannst du dann ausreißen und hier an den Rand bringen, dann verbrennen wir die Reste beim nächsten Mal. Da hinten habe ich noch einen Kräutergarten, Basilikum, Petersilie, ein paar Lorbeerblätter, mehr brauchen wir heute nicht."

„Oh, das macht ja richtig Spaß. Sollen wir auch so eine Gurke mitnehmen? Hier hängt eine ganz dicke."

„Oh ja, natürlich, den brauchen wir für den Choriatiki, den Bauernsalat."

„Ach, das ist der Salat von gestern, den gibt es in Deutschland auch immer, Greek Salat, Gurken, Tomaten, Oliven und ein Stück Schafskäse, das kennt doch inzwischen jeder."

„Sieh mal diese alten Olivenbäume, die gehören alle uns. So ein Ölbaum braucht fast vierzig Jahre, bis er die ersten Früchte trägt, wer von unseren Vorfahren die gepflanzt hat, wissen wir nicht, das Ganze ist also ein Generationenvertrag.

Wir haben so alte Olivenbäume, denn die können fast tausend Jahre alt werden. Man muss sie aber immer wieder beschneiden, die Zweige kriegen dann unsere Ziegen und Schafe zum Knabbern. So, auf geht's, wir müssen zurück, Jorgo kommt sicher gleich zurück."

„Da haben wir aber ganz schön zu tragen, so ein Garten ist was feines, so frisch kann man es nirgendwo bekommen."

„Ja, ihr Leute aus der Stadt wisst ja gar nicht, wie frisches Gemüse schmecken kann. So, nun komm mal weiter."

Der Weg ist schnell erreicht, bergab ist es viel leichter als vorher und sie kommen gerade auf der Terrasse an, als Jorgo in einer dicken Staubfahne den Feldweg entlanggefahren kommt. „Chariete, chairete, na, was hast du uns schönes mitgebracht?"

„Viele Grüße von Evgenia, ich habe sie unterwegs getroffen, Pavlo hat sich den Knöchel gebrochen, er musste ins Krankenhaus gebracht werden. Sie ist auch nicht so gut zu Fuß, wir sollen zusammen mit ihr am Sonntag ins Krankenhaus fahren.

Und Antonias Evangelitsa kriegt das dritte Kind, kein Mensch weiß, von wem, dabei hat sie immer so auf ihre Tochter aufgepasst, aber du weißt ja, so ein behindertes Mädchen ist wie ein Sack Flöhe zu hüten, nun wird Antonia zum dritten Mal Oma und die anderen zwei sind gerade erst eins und drei Jahre alt, ach was solls, Kinder sind kein Unglück, die wird sie auch noch irgendwie groß kriegen."

„Hast du auch an die Nähnadeln gedacht? Frisches Brot? Ja? Und das Putzzeug und das Klopapier? Und zehn Kästen Bier und zwei Kästen Cola, das reicht für ein Weilchen. Komm aber erst mal rein, du wirst bestimmt Durst haben."

„Und Hunger, mach mir einen kleinen Salat, der reicht. Wo wart ihr die ganze Zeit gewesen?"

„Wir waren oben im Garten, die letzten Tomaten holen, ein paar Zuccini, Auberginen und Gurken, viel ist nicht mehr da, vielleicht noch sechs oder sieben Kohlköpfe. Wann willst du eigentlich die Weinlese machen? Nächste Woche?"

„Ich muss mir die Trauben erst mal genauer ansehen gehen, dann sage ich schon den richtigen Zeitpunkt. Aber nächste Woche wäre gar nicht schlecht. Wen sollen wir diesmal zur Lese einladen?"

Meine Cousinen Fofi, Meri wollten dieses Mal mit ihren Männern kommen, und dann noch dein Bruder, das reicht, oder?"

„Das wird ein Riesenspaß, aber vorher muss ich noch die Fässer präparieren, das ist eine Menge Arbeit. Ja, die Weinlese macht immer viel Arbeit und viel Spaß. Aber Andrea, du bist doch zum Urlaubmachen hier und nicht zum Arbeiten. Es wird langsam warm, geh eine Runde schwimmen. Oder möchtest du hier ein Schläfchen machen? Die Mittagshitze ist noch ganz schön heftig hier, auch im Juni."

„Ich hole mir schnell meine Sachen und gehe zum Strand, das ist eine gute Idee. Bis gleich, tschüs." Ach, es ist wirklich wunderschön, so ein Familienanschluss ist genau das richtige für mich.

Es ist ziemlich einsam hier, aber das Wasser ist glasklar, frisch und sauber, man kann bis auf den kieseligen Grund sehen. Oh, die Haut auf den Beinen tut weh, sie sind knallrot geworden, vielleicht werde ich sie heute Abend mit etwas Olivenöl einschmieren? Vielleicht hilft das wirklich?

Erst mal eine kleine Runde schwimmen, ob man wohl bis da hinten auf das Inselchen schwimmen kann? Es sieht gar nicht so weit aus, nach kurzer Zeit steht sie schon drüben und guckt rüber, ein erfrischender Wind weht herüber. Mit ein paar Schritten ist das Inselchen umrundet und nun muss es irgendwie auch zurückgehen.

Erfrischt sucht sie sich ein Plätzchen im Schatten und döst etwas, bis sie eine Flöte hört, klagende, perlende wunderschöne Laute. Dann ist es wieder still, und da ist wieder die kleine Weise, geheimnisvoll lockend und leise. Wer mag das sein?

Vorsichtig schleicht sich Andrea an den Felsen vorbei. In der Abendsonne sitzt ein wunderschöner junger Mann mit langen, schwarzen Locken. Sein halbnackter, sehniger Körper glänzt dunkel, etwas weiter entfernt weidet eine kleine Schafherde. Ob das wohl der Trelos ist? Er sieht aber gar nicht verrückt aus, er ist noch so jung und verletzlich………

Nach ein paar Schritten stolpert sie über einen Stein, der sofort den Abhang herunterkollert. Die Schafe hören auf zu grasen und ein fremder Hund kommt angerannt und bellt sie böse an.

„Fige, Fige," hört sie plötzlich ganz nah neben ihr, erschrocken sieht sie auf, was ist das denn? „Wer ruft denn da?" Aber statt einer Antwort fliegen plötzlich Steine.

„He, aufhören, du Idiot, was soll das?" schreit sie erschrocken auf, als ein kleiner Stein genau ihre Stirn trifft. Aber als Antwort folgen weitere Steine, wahllos prasseln sie auf die Felsen und einige springen sogar aufklatschend bis ins Meer.

„Nichts wie weg hier,“ denkt sie und rafft eilig ihre Sachen zusammen.

Total aufgeregt kommt sie bei Eleni an, und berichtet empört darüber, dass man sie einfach mit Steinen vom Strand vertrieben hat.

„Das geht ja gar nicht, morgen früh gehe ich sofort zu ihm und werde ihn mal fragen, ob er jetzt vollkommen verrückt geworden ist. Komm, mein Mädchen, beruhige dich erst mal, du darfst überall am Strand baden, und wenn er mit seiner Schafherde nicht aufpasst, und sie ins Wasser gehen, so ist das bestimmt nicht deine Schuld.

Am nächsten Morgen früh steigen Eleni und Andrea sofort bei Sonnenaufgang zur Hütte des Trelos. Kalojanni kommt ihnen sofort schwanzwedelnd entgegengelaufen. „Chairete, Kalojanni, wo ist denn dein Chef? Den müssen wir unbedingt mal sprechen."

Das Hündchen scheint verstanden zu haben, denn es rennt sofort eifrig zurück in die Hütte. Sofort steht der Trelos im Eingang, mit finsterem Gesicht schnauzt er mit einem Redeschwall Eleni an, die ihn nur verständnislos ansieht.

Er wird immer lauter und lauter und schließlich schreit er nur noch „Fige, Fige, Fige", verschwindet einfach in seiner Hütte und lässt sie einfach stehen.

„So ein roher Klotz, der ist jetzt wirklich vollkommen verrückt geworden."

„Was hat er denn gesagt? Das klang nicht sehr freundlich."

„Dass diese blöden Touristen überall rum klettern, wo sie nicht hinsollen und dies ist seine Bucht und sein Felsen, da haben Fremde nichts zu suchen.

Er wirft dir vor, dass du ihm so fast nackt zu nahe gekommen wärst, und dass du in Zukunft nicht mehr dort an dem Strand schwimmen dürftest. Dies wäre sein Gelände, und dort würde er keine halbnackten Fremden dulden, die ihn mit ihren Reizen nur aufregen würden."

„Aber ich habe doch gar nichts getan, ich habe nur am Strand geschlafen."

„Und Kalojanni dürftest du ihm auch nicht abspenstig machen, der soll die Schafe hüten und nicht zu dir in der Gegend rumrennen. Den hätte er jetzt eingesperrt und den anderen Hund, den gefährlichen jetzt von der Kette gelassen. Wir sollten uns in Zukunft eben vom Gelände fernhalten.

Da habe ich ihm aber den Kopf gewaschen, denn das hier ist nämlich unser hoteleigener Strand, da hat er nämlich mit seinen Schafen gar nichts zu suchen.

Das wahrhaft dumme ist tatsächlich, dass der Strand der Allgemeinheit, also dem Staat gehört, und jeder darf ihn besuchen, so oft und so lange er will.

Am besten nimmst du den Strand da hinten an den großen Felsen, dort ist es sowieso viel schöner und natürlicher. Du darfst nur nicht zu weit rausschwimmen, denn da gibt es ziemlich starke Strömungen."

„Ach, mir ist heute die Lust am Schwimmen vergangen. Ich werde mir mal die Gegend ansehen. Ich wollte sowieso mal zum Kloster Preveli gehen."

„Eine sehr gute Idee, das ist ja nicht sehr weit, gestern waren wir ja am Gärtchen, und das Kloster liegt direkt daneben. Am besten gehst du direkt zu Pater Joannou, der kann etwas Deutsch, der könnte dir alles über die schreckliche Geschichte des Klosters erzählen.

Und es gibt dort einen typischen kleinen griechischen Friedhof, dort ist auch die Frau des Trelos begraben worden. Er geht fast jede Woche dorthin und bringt ihr ein paar Blumen vorbei. Ein komischer Typ ist das, den frühen Tod von Frau und Kind kann er einfach nicht vergessen, aber das war ja auch zu furchtbar gewesen.

Na ja, geh schon, aber komm nicht zu spät zum Abendessen, und in drei Stunden geht die Sonne unter, dann wird es schnell stockdunkel. Und nimm dir eine Flasche Wasser mit, du wirst Durst bekommen. Addio also bis gleich.

Draußen weht ein angenehmer Wind, es ist nicht mehr so heiß. Überall auf dem Weg blühen Asphodelen, und Andrea kommt in den Sinn, dass hier früher mal Königsblut vergossen worden ist.

Irgendwo hört sie eine Flöte, deren Klänge wie ein Windhauch vorbeikommen. Da muss sie sofort an den Trelos denken, wie er in der Abendsonne am Strand saß und wie ein junger Gott Pan auf der Flöte spielte, um seine Tiere zu verzaubern.

In kurzer Zeit hat Andrea das alte Kloster erreicht. Pater Ioanna ist leider unterwegs zu Krankenbesuchen, aber ein junger Novize spricht Englisch und er berichtet eindrucksvoll all die Gräueltaten, die im 2. Weltkrieg auf der Insel Kreta stattgefunden haben.

Dieser junge Mann sieht auch schon wieder umwerfend schön aus, er hat lockige schwarze Haare und tiefschwarze, dunkelbraune Augen, er ist sehr groß und hat ziemlich breite Schultern. Am liebsten würde sie ihn fragen, ob er eine Freundin hätte, oder ob er sich eindeutig schon für Gott entschieden hat, aber sie will ihn nicht verlegen machen.

Endlich steht sie allein auf dem alten Friedhof und sieht sich um, er ist so anders als die in Deutschland, überall gibt es Plaketten mit den Fotos der Verstorbenen auf den Grabsteinen.

Da, an der Seite ist das Grab der Eva und ihres kleinen Kindes, es ist über und über mit frisch geschnittenen Asphodelen bedeckt. Überall dazwischen liegt Spielzeug, ein kleiner bunter Kipplastwagen aus Plastik und daneben sitzt ein großer Teddybär ohne Augen. Irgendwie fühlt Andrea, dass ihr die Tränen in die Augen steigen. Kein Wunder, dass man über so einem Schicksalsschlag seinen Verstand verlieren kann.

Aber sie ist jetzt ja auch allein, und das tut doch sehr weh. Denn wenn sie niemanden hat, der sie begraben wird, wer wird dann an ihrem Grab weinen und Blumen bringen? So weh, dass sie jetzt erst richtig weinen muss.

Die Sonne geht gerade am Horizont unter, und im letzten Abenddämmer kommt Andrea im Hotel an. Sie musste unterwegs an so vieles denken, und die Geschichte mit ihrem dämlichen Mann, der nun unbedingt eine blonde Försters Tochter mit einem Kind beglücken muss, findet sie plötzlich gar nicht mehr so schlimm, irgendwie kann sie ihn jetzt sogar verstehen.

„Da bist du ja endlich wieder, wir wollten dich schon suchen kommen. Aber Andrea, warum weinst du denn so? Ist dir was passiert?" ruft Irini aufgeregt.

„Nein, nein, alles o.k., ich musste nur an früher denken, aber irgendwie gibt es ja immer eine Zukunft, oder?"

„Komm in meine Arme, meine Kleine, du wirst bestimmt noch viel Schönes erleben, du bist ja noch so jung. Schau mal, du hast einen verantwortungsvollen Arbeitsplatz, eine schöne Wohnung, und du bekommst ganz bestimmt bald wieder einen tollen Mann, nicht so ein Weichei, das dir sofort von der Stange geht, sobald irgend so ein Blondchen auftaucht. Und wenn es der liebe Gott will, dann wirst du bestimmt auch so hübsche blonde Kinderchen bekommen, so wie du eins bist.

Und wenn dir das alles nicht gefällt, dann kannst du einfach auch hier bleiben, ich habe mir schon immer eine große Tochter gewünscht, die mir unter die Arme greifen kann, denn ich bin auch nicht mehr die Jüngste. Und ein Zimmer ist immer für dich frei."

„Danke, dass du mich so tröstest, aber ich denke wirklich, dass ich noch eine Weile bei dir bleiben will, denn ich habe noch so viel Urlaub zu kriegen. Ich werde gleich mal im Reisebüro anrufen und um eine Woche zu verlängern."

So, jetzt komm erst mal etwas essen, und morgen ist ein anderer Tag. Und dann reden wir noch ein Stündchen über alles, es ist sogar noch eine Flasche Wein von gestern da."

Der nächste Morgen ist frisch und klar. Aber Andrea kommt ganz verkatert herunter, es war wohl gestern Abend etwas zu viel Wein gewesen.

Wenn sie jetzt direkt an den Strand geht, kann sie dort noch etwas in der Sonne schlafen. Ach, es ist einfach herrlich hier. Oh, da kommt schon der kleine Kalojanni angerast und begrüßt sie stürmisch, er wird aber sofort mit einem Pfiff zurückbeordert. Er gehorcht und trollt sich traurig. Na, dann eben nicht.

Wieder schläft sie in der Sonne ein, und in ihre Träume schleichen sich leise irgendwelche Flötentöne, also ist der Trelos irgendwo in der Nähe bei seinen Schafen. Na und, der ist ihr jetzt ganz egal, der kann sie gar nicht mehr stören, mit dem ist sowieso nichts anzufangen. Er muss allein mit seinem Leid zurechtkommen,

Oh, wie blöd, der erste Sonnenbrand piekt auf den Schultern, und sie hat die Sonnencreme in ihrem Zimmer vergessen. Jetzt muss sie doch glatt wieder rauf zum Hotel laufen. Da ist wieder die Flöte, traurig und magisch direkt aus der Nähe, die Schafe müssen so nah sein, dass man das Rupfen der Gräser hören kann.

Als sie wieder zurückkommt, sind die Schafe den Hang hinaufgezogen, aber die Flöte klingt immer noch klar und fordernd. Sie schleicht sich den Hang hinauf, ja, da sitzt er im Schatten, der bezaubernde Pan mit seinen langen schwarzen Locken. Er scheint sie noch nicht entdeckt zu haben, denn er sitzt ganz still und entspannt, und seine kleine Melodie scheint endlos zu sein.

Andrea steht einen winzigen Moment gebannt vor der Idylle, bis sie von Kalojanni entdeckt wird, der sofort schwanzwedelnd auf sie zugelaufen kommt, und der sich sehr über die Begegnung zu freuen scheint.

„Chairete," flüstert Andrea, der Trelos erstarrt, das Spiel bricht ab. Was wird er jetzt wohl tun?

Ganz langsam erhebt er sich und bleibt unentschlossen vor ihr stehen, er hat fast kohlschwarze Augen. Andrea hält die Luft an und vergisst fast, zu atmen, das hat sie nicht erwartet.
Plötzlich wird diese Stimmung wie von einem plötzlichen Gewitter zerstört, denn sein Gesicht verfinstert sich augenblicklich und er flüstert „Fige, Fige", und dann immer lauter, sie soll abhauen, das versteht sie ja sofort.

„Kein, Problem, ich geh ja schon," schreit sie ihm zu, mitten in seine schönen kohlschwarzen Augen. Sie ist so enttäuscht, beinahe hätte sie mit ihm reden können. „Na, dann eben nicht, das ist doch total sinnlos mit dem Typen."

Mit blinden Augen geht sie auf dem Weg zurück, aber dann nimmt sie eine Abkürzung und will über die Felsen runter ans Meer klettern. Nichts wie weg von dem Verrückten. Das ist gar nicht so leicht, sie schafft es beinahe, bis ein Riemchen an ihrer Sandale plötzlich abreißt. Andrea stolpert, rutscht aus, kann sich nicht mehr auf den Beinen halten, schrammt über einen Felsen und ihr Blut fließt und sie platscht ins Wasser.

Sie schreit auf vor Schmerz, bevor sie ins Meer stürzt. Die Strömung reißt sie sofort hinaus durch die brandenden Wellen ins Meer, mit letzter Kraft spuckt sie schwimmend, aber sie wird ins Meer abgetrieben. Es ist gar nicht so einfach, die Strömung und der Wind haben zugenommen und die Wellen werden höher und höher.

Los, weiter, aber sie wird immer weiter nach draußen abgetrieben, so sehr sie auch dagegen ankämpft, das rettende Land ist nicht zu erreichen. Langsam wird sie müde und läßt sich treiben, aber sie muss zurück an den Strand, bloß jetzt nicht aufgeben.

Noch mal Luft holen, Mann, ist das gefährlich, sie will doch nicht am dritten Urlaubstag absaufen. Soll es das gewesen sein? Ein nasses Grab im Mittelmeer, puh, Fischfutter vielleicht? Nein danke." denkt sie immer wieder und zwingt sich zu einer neuen Kraftanstrengung. Hier absaufen, niemals, irgendwie muss ich es schaffen, denkt sie immer wieder, aber zum Strand wird es immer weiter.

Der Trelos sieht erschrocken, wie Andrea auf dem Felsen langsam runter ins Wasser gerutscht ist. Seine Wut ist verraucht, mit ein paar Sprüngen steht er am Ufer und springt ins tosende Meer, um die bewusstlose Touristin

111

herauszuziehen. Dann sieht er das viele Blut an ihren Beinen und erschrickt.

Oh, das sieht ja gar nicht gut aus, oh Gott, was hat er da denn angestellt? Er muss unbedingt sofort etwas tun, sonst verblutet die ja. Er hebt sie auf, sie ist federleicht und ziemlich dünn, er rennt mit ihr den Berg hinauf, ein paar Bluttropfen markieren seinen Weg.

Da ist sein Haus, er keucht, als er sie vorsichtig auf der Terrasse auf sein Bett legt. Kalojanni kommt sofort angesprungen und schnuppert vorsichtig an ihrer herabfallenden Hand. Dann sieht er ihn anklagend an, er scheint das Ganze sofort zu verstehen.

Geschickt untersucht er sie, aber über das ganze Bein zieht sich eine große Fleischwunde, die heftig blutet. Hastig zerreißt er ein Handtuch und verbindet das Bein, aber das Blut läßt sich einfach nicht zu stoppen und tropft immer weiter auf den Fußboden.

Er flucht fürchterlich, was soll er jetzt nur machen? Er kann nur ihre Beine hochlegen und den Kopf tief lagern, da muss ein Arzt kommen, nur der kann diese Blutung stoppen. Ein Krankenhaus gibt es hier nicht.

Aber hier gibt es keinen Arzt, die einzige Möglichkeit wäre Pater Joannou aus dem Kloster Preveli, der versteht etwas von Heilkunde, der hatte ihm schon ein paarmal bei seinen Schafen geholfen. Aber wie kann er ihn nur benachrichtigen? Er kann sie so doch nicht allein lassen, was kann er jetzt nur tun? Er ist verzweifelt.

Kalojanni hat sich eng an Andrea gekuschelt, besorgt stupst er ihr immer wieder seine Schnauze in die Rippen und leckt ihr das Gesicht. Sie ist immer noch bewusstlos. Was ist, wenn sie jetzt sterben wird?

Aber es war doch nicht seine Schuld, dass die dumme Touristas einfach so über die Felsen klettert und ins Meer fällt. Was soll er jetzt nur tun, sie braucht dringend ärztliche Hilfe.

Da kommt ihm der rettende Gedanke, er wird Kalojanni sofort zu Pater Joannou schicken und ihn um Hilfe bitten. Er reißt einen Zettel aus einem Schulheft und kritzelt hastig etwas drauf, dann nimmt er einen Bindfaden und bindet dem Hündchen die Nachricht locker um den Hals, dann flüstert er mit ihm, und befiehlt ihm, zum Pater Ioannis zu laufen.

Der gute Kalojanni hat alles verstanden, rast los und verschwindet sofort in Richtung Kloster. Hier kennt er sich sehr gut aus und findet sofort das Loch in der Mauer zum Klosterhof und saust schnell in die Kapelle, wo die Mönche gerade beten und singen. Eine Weile bleibt er wartend an der Tür stehen, aber als es ihm zu lange dauert, zwängt er sich durch den Türspalt und drinnen beginnt er laut und eindringlich zu bellen.

Die Mönchen heben erschrocken die Köpfe und einer will ihn sofort verscheuchen, aber das läßt er sich nicht gefallen und bellt immer weiter. Dann hat er endlich Pater Joannou ausgemacht, rennt zu ihm, beißt ihn sanft ins Hosenbein und will ihn knurrend wegziehen.

„Ach, guckt mal, das ist doch Kalojanni, das Hündchen vom Trelos, den kenne ich doch. Hat der vielleicht die Tollwut, oder warum benimmt der sich so seltsam? Oh, der hat einen Zettel um den Hals gebunden, das ist bestimmt eine Nachricht. Sei ein braver Hund und lass mich mal sehen, ist diese vielleicht Nachricht für mich bestimmt? Na, dann laß mal gucken, ich habe gerade keine Brille dabei, kann mir das mal jemand vorlesen?"

„Da steht drauf, dass der Trelos Hilfe braucht, da hatte jemand einen Unfall und du sollst sofort kommen und ihnen helfen, viel Blut verloren, steht da noch. Na, dann werde ich mich mal fertig machen, was kann denn nur da passiert sein?

Warte mal, mein Kleiner, ich schreibe dir schnell eine Antwort auf die Rückseite und du bringst das sofort dem Trelos, ist das klar? Was schreibe ich denn nur? Ach ja, komme sofort, das reicht wohl, oder? So, ab mit dir, jetzt lauf schnell zu deinem Herrchen, der wartet bestimmt schon auf dich."

In der glühenden Mittagshitze rast Kalojanni wieder quer über den Berg nach Hause, wo der Trelos schon ungeduldig auf ihn wartet. Erleichtert liest der die krakelige Schrift, Gott sei Dank, dann wird ja gleich Hilfe da sein.

Mit großer Sorge betrachtet er Andrea, die bewusstlos und sehr blass, die Blutlache wird immer größer auf dem Boden. Oh Gott, da hat er ein Riesenunglück ausgelöst. Aber sie ist doch ganz allein ausgerutscht, das hatte er doch nicht gewollt.

Er hatte sie zwar schon seit zwei Tagen heimlich beobachtet und auch manchmal Kalojanni zu ihr geschickt, das heißt aber lange noch nicht, dass diese Fremde auf sein Grundstück klettern und ihn verstören soll. „Ach, Evchen, ich werde dir bestimmt nicht untreu, ich wollte sie doch nur mal ansehen, weil sie so schöne helle Haare hat.

Und wenn sie jetzt stirbt, was dann? Ihm wird bestimmt keiner glauben, dass er unbeteiligt an diesem Unfall sein könnte. Wo bleibt nur Pater Joannou, hoffentlich kann der ihr helfen!

Endlich steht Pater Joannou im Türrahmen und mit ein paar Schritten vor der bewusstlosen Andrea, das Blut tropft nicht mehr, aber an ihrem bleichen Gesicht erkennt er sofort, dass er hier nicht mehr viel ausrichten kann. Er fühlt ihren Puls, der ist kaum noch zu hören.

Mühsam richtet er sich wieder auf und fragt: „Wer ist diese Fremde und was ist passiert?"

Marco zieht die Schultern hoch und sagt stockend: „Sie war auf mein Grundstück geklettert und als ich dazukam, ist sie ausgerutscht und die Felsen hinuntergefallen. Ich habe sie sofort herausgezogen, aber sie ist ziemlich verletzt und rührt sich nicht mehr.

Ich gebe es ja zu, ich kann nun mal keine Touristen ertragen und ich wollte sie vertreiben, aber ich wollte ihr doch keinen Schaden zufügen. Das war ganz allein ihre Schuld gewesen, dass sie ausgerutscht und heruntergefallen ist."

„Soll ich dir das wirklich glauben? Sie hat so viel Blut verloren, dass ich auch nicht mehr viel machen kann. Sie muss sofort in das nächste Krankenhaus und operiert werden, sie braucht dringend Bluttransfusionen. Wo ist dein Telefon, du musst sofort etwas organisieren.

Was, du hast hier kein Telefon? Das darf doch wohl nicht wahr sein. Was machen wir denn da? Ich renne, so schnell ich kann, zur Taverne von Jorgo und Eleni, vielleicht bringen wir sie mit dem Auto weg? Oh Gott, lass sie nicht sterben, sie ist doch noch so jung. "

Pater Joannou rennt mit fliegender Soutane den Feldweg hinunter, aber genau auf der venezianischen Brücke rennt er mitten in das Geknatter zweier Motorräder hinein, die ihm rutschend nicht mehr ausweichen können und ihn am Brückengeländer den Kopf und den Rücken zerquetschen.

Sie rappeln sich sofort wieder auf, drehen um, starten ihre knatternden Maschinen, rasen wieder auf dem Weg zurück, den sie gekommen waren und entkommen unerkannt.

Als Pater Joannou nach einer Stunde nicht wiederkommt, schickt er Kalojanni los, aber der kommt nach kurzer Zeit wieder zurückgesaust und bedeutet ihm bellend, ihm sofort zu folgen. Gemeinsam laufen sie bis zur Brücke und finden den toten Pater Joannou, entsetzt rennt er weiter zur Kantine von Jorgo und Eleni, die schon ungeduldig auf der Terrasse auf- und ablaufen.

„Ein Unfall, schnell, Pater Joannou, kommt, er ist tot, er liegt auf der Brücke, es ist schrecklich, ruft sofort die Polizei und den Krankenwagen, macht schnell."

„Was, Pater Joannou hatte einen Unfall, ist er wirklich tot? Und hast du vielleicht Andrea gesehen? Wir machen uns solche Sorgen. Sie ist schon einen halben Tag wie vom Erdboden verschluckt, und am Strand liegt nur ihre Tasche und ihr Handtuch."

„Andrea? Nein, welche Andrea, nicht gesehen." Stammelt er bleich.

„Warte, wir fahren erst mal mit dem Auto rauf zur Brücke. Hast du was gesehen oder gehört, oder hast du eine Ahnung, was da passiert sein kann? Ich meine, ich hätte vor einiger Zeit Motorradgeräusche gehört, aber hier unten war niemand angekommen, es gibt doch nur diesen einen Weg. Eleni, ruf sofort die Polizei an, und auch im Kloster. Wo, sagst du, an der alten venezianischen Brücke? Komm, los."

Erschüttert stehen sie bei dem Toten und mit lauten Klagerufen kommen die Mönche vom Kloster her gelaufen, Eleni muss sie wohl zuerst erreicht haben.

„Oh Gott, das ist ja furchtbar, der Arme Pater Ioannu, er war so ein guter Mensch.

Eigentlich müssten wir ihn hier so lange liegen lassen, bis die Polizei da war, aber das kann doch bestimmt noch Stunden dauern. Kommt, laden wir ihn ein und bringen ihn zum Kloster hinauf, die Mönche können ihn dann für die Beerdigung vorbereiten." Sagt Jorgo endlich, Marco steht weinend vor ihnen, aber er hilft ihnen beim Aufladen des Leichnams.

Er steigt aber nicht ins Auto, sondern geht mit schweren Schritten hinauf zu seinem Haus. Da liegt die junge Frau und atmet nicht mehr, als er ihren Puls sucht, hört er ihn nicht mehr.

Oh Gott, was soll er jetzt nur machen? Wenn jetzt die Polizei kommt und bei ihm die tote Frau und das viele Blut sieht, dann wird er bestimmt sofort wegen Mord verhaftet werden, dabei hat er sie doch gar nicht umgebracht. Aber wie will er das beweisen? Das kann er doch gar nicht, er hat sie wirklich nur angesehen, und sie ist allein ausgerutscht.

Kalojanni liegt an ihrem Arm und stupst sie ab und zu sanft mit der Schnauze an, er versteht überhaupt nicht, warum sich Andrea nicht mehr rührt. „Kalojanni, ela," sagt er sanft, nimmt ihn auf den Arm und krault ihm sanft den Kopf. Dann trägt er ihn hinaus und schließt ihn in den alten Schafstall ein, der jault jetzt verzweifelt und scheint überhaupt nicht zu begreifen, warum ihn so eine Strafe trifft.

Er muss jetzt sofort etwas unternehmen, aber was nur, was? Endlich ringt er sich zu einem Entschluss durch, nimmt einen Wandteppich, und rollt die Tote vorsichtig hinein und trägt sie sofort in sein Kaiki, er stößt es vom Ufer ab und ankert es ein paar Meter weg vom Strand. Hier wird man bestimmt nicht nachsuchen kommen.

Als er in sein Haus zurückkehrt, sieht er überall die Blutlachen auf dem Fußboden und erschrickt, wie kann er die nur so schnell wie möglich beseitigen? Mit Wasser ist das nicht möglich, also holt er einen Eimer Sand vom Strand und bedeckt den Fußboden damit, anschließend kehrt er ihn wieder und schleppt den Sand runter und kippt ihn ins Meer, danach schrubbt er und nach viel Mühe ist der Boden feucht, aber sauber geworden.

Alle schmutzigen Handtücher und seine Kleidung verbrennt er draußen im Kamin, die quälend langsam verkokelt, weil sie so feucht geworden ist.

119

Hastig rennt er zum Ort, wo sie vom Felsen abgerutscht war und auch hier beseitigt er die wenigen Blutspritzer, die sich auf den Steinen finden. Was kann er jetzt noch machen? Er muss die Tote beseitigen, aber das würde doch nur auffallen, er muss bis zur Nacht warten, aber wo und wie will er das unbemerkt tun?

Und wird ihn Gott dafür strafen, wenn sie nicht würdig beerdigt wird? Kalojanni macht ihn verrückt mit seinem Gebell und Gejaule, er muss ihn wieder rauslassen.

Wie der Blitz läuft er dann ins Haus, rennt hin und her und schnüffelt in allen Ecken herum, dann kommt er ratlos auf Marco zugelaufen und stößt ein tiefes Jaulen aus. „Ja, mein Freund, sie ist nicht mehr da, frag mich bitte nicht, sie ist aus unserem Leben weggegangen, warum hat sie das nur getan, warum?"

Kurz, bevor die Sonne untergeht, kommen zwei Polizisten mit ihrem Dienstmotorrad angetuckert, nehmen die Daten des Unfalls von Pater Joannou auf, Unfallursache unbekannt steht in den Papieren.

In Jorgos und Elenis Pension nehmen sie eine Vermisstenanzeige auf, Andrea … seit 12 Uhr mittags verschwunden. Eine Touristik, wer weiß, wo sie hingegangen war, sie durchsuchen ihren Rucksack und finden Pass und Papiere, das finden sie zwar merkwürdig, aber man soll sich um Touristen keine Sorgen machen, wo soll sie hier auch hingelaufen sein? Da bleiben nicht so viele Möglichkeiten.

Gut, ihre Badesachen liegen noch am Strand, sie ist ganz bestimmt nicht ertrunken, jeder Tourist kann doch schwimmen, oder etwa nicht?

Und wenn sie von einem fremden Motorboot mitgenommen worden wäre, wird sie bestimmt am nächsten Morgen wieder auftauchen. Aber sie können ja die Augen aufhalten und früh morgens alles noch einmal absuchen.

Wenn sie bis morgen Mittag nicht wieder auftaucht, soll Eleni wieder anrufen und dann werden sie ganz bestimmt eine Suchaktion starten, vorher ist das ziemlich übertrieben, oder etwa nicht? Was soll ihr auf so einer Insel wie Kreta auch sonst zugestoßen sein?

In der einbrechenden Nacht fahren sie wieder zurück nach Rethymno und lassen verzweifelte und weinende Menschen zurück.

Als er wieder zu seinem Haus geht, kommt ihm schon winselnd Kalojanni entgegengelaufen. „Ach, mein Guter, du bist der Einzige, der meinen Kummer versteht. Jetzt sind wir schon wieder allein."

Am nächsten Morgen wird intensiv nach Andrea gefahndet, aber sie bleibt wie vom Erdboden verschluckt. Die Polizei benachrichtigt ihren Ehemann, sonst hat sie keine Verwandten mehr.

Pater Joannou wird am übernächsten Morgen auf dem Friedhof beerdigt, und viele folgen seinem Sarg zu seiner letzten Ruhestätte. Die beiden Motorradfahrer werden nie ermittelt werden.

An der Friedhofsmauer setzt Eleni ein Holzkreuz und läßt darauf schreiben:
„Andrea F... ist seitdem ... vermisst und wahrscheinlich ertrunken. Sie wurde nur 39 Jahre alt. In ewigem Gedenken. Eleni und Jorgo.

In der Nacht schleicht sich Jorgo zum Friedhof, der einsam und verlassen im Mondlicht liegt. Er steht lange sinnierend am Grab seiner Frau und seines Kindes, und dann sieht er sich vorsichtig nach allen Seiten um. Er ist allein und das nächste Gebäude, wo sich Menschen aufhalten könnten, ist das Kloster, aber die sind bestimmt mit der Totenmesse für Pater Joannou beschäftigt.

Vollkommen unbemerkt führt er seinen Plan aus. Zuerst zieht er mit Kraft den Deckel der Grabeinfassung beiseite und die helle bröckelige Erde kommt zum Vorschein, und nach kurzer Zeit hat er eine Grube ausgehoben.

Schnell steigt er zum Meer hinunter und zieht sein Kaiki am Strand entlang direkt unter die Friedhofsmauer. Er

122

klettert wieder die Felswand hinauf. Andrea hieß sie, ja, so sagte Eleni. „Gute Nacht Andrea, schlaf gut in kretischer Erde, du bist jetzt bei meiner Frau und meiner süßen Kleinen im Paradies. Es tut mir so leid, ich habe das alles nicht gewollt.

Eigentlich schade, sie war eine so schöne junge Frau, sie hätten auch eine andere gemeinsame Zukunft haben können. Vorbei, ach, alles vorbei. Seufzend steht er am Strand und spricht ein langes Gebet.

Gerade, als er weinend die Tote ins Grab legen will, schlägt die Polizei zu. Sie hatten ihn die ganze Zeit beobachten lassen, und konnten ihn sofort festnehmen.

Als sie die Tote aufheben wollen, stellen sie plötzlich fest, dass Andreas noch am Leben ist. Ihr Blutverlust ziemlich groß, aber sie lebt noch, ihr Herz schlägt schwach und fast unhörbar.

Ein herbeigerufener Notarztwagen rast mit ihr in die Klinik, und mit einer Notoperation und vielen Bluttransfusionen wird sie in allerletzter Sekunde doch noch gerettet.

Der Trelos wird verhaftet und ins nächste Gefängnis in Iraklio gebracht, wo er immer wieder seine Unschuld beteuert.

Alle Fakten beweisen seine angebliche Schuld, niemand glaubt ihm seine Beteuerungen, und er wollte sich schon vor lauter Verzweiflung das Leben nehmen, weil ihm niemand seine Unschuld glauben wollte.

124

Als Andrea nach zwei Monaten das Krankenhaus wieder verlassen kann, wird sie von Eleni und Marco abgeholt, sie ist ihnen inzwischen wie eine Tochter ans Herz gewachsen. Dort wird sie liebevoll gepflegt, und schon nach kurzer Zeit kann sie mit Krücken wieder laufen.

Und sie hat einen neuen Verehrer gefunden, der jeden Tag mit einem großen Blumenstrauß voller Asphodelen und anderen Wiesenblumen vor der Tür steht. Durch dieses schreckliche Ereignis hat der Trelos schnell seine Scheu gegenüber Andrea überwunden, und jeden Nachmittag sitzen sie im Schatten und sie lernt Neugriechisch für den Alltag.

Kalojanni wird von allen gehätschelt und verwöhnt, aber am liebsten sitzt er bei Andrea auf dem Schoß und scheint über ihre Sprachversuche viel Spaß zu haben. Er hat sie bis jetzt immer auch ohne Worte verstanden. Und er weicht ihr nicht mehr von ihrer Seite.

Bald ist Andrea wieder vollkommen hergestellt, und sie hat den Trelos vollkommen verändert. Seine langen, schwarzen Locken sind jetzt gekämmt, der Bart gestutzt und er trägt saubere T-Shirts und kurze Hosen.

 Seine Schafherde hat er verkauft, aber ab und zu muss er in der Bergeinsamkeit auf seiner Flöte spielen, dabei muss man ihn ganz in Ruhe lassen, und abends ist er wieder da, als ob nichts gewesen wäre.

Den Friedhof besuchen sie oft gemeinsam, und manchmal sprechen sie auch am Grab darüber, dass Andrea mit seiner Tat beinahe auch frühzeitig dort gelandet wäre.

Beide werden die Taverne von Eleni und Marco übernehmen, und sie richten sich dort auf ein dauerhaftes Leben ein. Und nachdem Andrea Nachwuchs anmeldet, ist der Trelos wirklich komplett verrückt vor Freude.

Auch Kalojanni scheint etwas davon zu ahnen, und lässt sie nicht mehr aus den Augen, sie macht also keinen Schritt mehr allein.

Im Herbst ist es endlich soweit, es kommt ein kleiner Andreas zur Welt, genau zu der Zeit, wo überall auf Kreta und auf dem Friedhof besonders viele Asphodelen aus der kretischen Erde wachsen. Für sie sind es keine Totenblumen, sie sind der Persephone gewidmet.

Und wer war Persephone?

Es wird berichtet, dass Hades, der Gott der Unterwelt und Bruder des Zeus, sich in Kore verliebte. Er bat daher Zeus um Kore als Frau. Wissend, dass Kore nicht freiwillig in die sonnenlose Unterwelt gehen würde, stimmte Zeus weder zu, noch lehnte er ab. Hades interpretierte dies als Zustimmung.

Als Kore in der Ebene von Nysa Blumen pflückte, stieg Hades aus der Unterwelt empor und entführte Kore auf seinem Gespann. Ihre Hilfeschreie wurden von Zeus ignoriert. Kore fügte sich, nun als Persephone bezeichnet, in ihr Schicksal.

Ihre Mutter Demeter wanderte inzwischen verzweifelt umher und hinderte in ihrem Gram alle Pflanzen am Wachstum, was Zeus zum Eingreifen zwang, da die Gefahr bestand, dass die ganze Welt an Hunger zugrunde ginge. Schließlich wurde eine Einigung erzielt, die vorsah, dass Persephone nur einen Teil des Jahres in der Unterwelt weilen sollte. Dementsprechend kommt es zu Winter, wenn Kore als Persephone in der Unterwelt regiert, und Sommer, wenn Kore bei ihrer Mutter lebt.

Und darum blühen die Asphodelen im Sommer, wenn Persephone wieder auf die Erde gekommen ist.

Und wer jetzt nach Preveli kommt, entdeckt eine fröhliche, kleine Familie, die ihre wenigen Gäste auf der Terrasse versorgt und kocht. Eleni und Jorgo haben immer noch genug zu tun, denn ihr Gästehaus ist jetzt ein kleines familiengeführtes Hotel geworden.

Für Andrea, Andreas und Marco gibt es im nächsten Jahr noch eine Überraschung, es werden Zwillinge erwartet, zwei kleine Mädchen haben sich angekündigt. Eifrig wird an ihrem Kinderzimmer gebastelt, und Marco ist komplett verrückt vor Freude.

Trotzdem besuchen sie alle am Sonntag das Grab von Eva und seiner kleinen Tochter, das immer mit frischen Blumen geschmückt ist.

Literaturliste   **Karin Fruth**

129

Aufbruch von Magneterra	*Eine Weltraumreise*
Die blaue Tür	*Sommerferien in Litomysl*
Blaue Augen für alle	*Zukunftsroman*
Mein Freund Robby	*Freundschaft mit einer ganz besonderen Ratte*
Mahbata	*Weltraumwesen*
Asche – nur Asche	*Erinnerungen an einen vielgeliebten Vater*
Familiengeschichten aus Ostpreußen	*Flucht, Vertreibung und Neuanfang im Westen*
Feuerkinder	Es begann in der Steinzeit

Erhältlich bei allen Buchhandlungen, im Internet z.B. bei Amazo
und bei Tredition GmbH, Heinz-Beusen-Stieg 5, 229,266 Ahrens

Stand: 13.05.2024